RÉÉDUCATION NATIONALE

Du même auteur

Aux Éditions Rue Fromentin

La France de Bernard,
roman, 2013 (Pocket, 2015).

Les Structures du mal,
roman, 2015 (Pocket, 2016).

Revenir à Lisbonne,
roman, 2016 (Pocket, 2017).

L'Homme surnuméraire,
roman, 2017 (Motifs poche, 2019).

Tour d'ivoire,
roman, 2019.

Aux Éditions Gallimard

La Poursuite de l'idéal,
roman, 2021 (Folio, 2022).

Le Parti d'Edgar Winger,
roman, 2022.

www.ruefromentin.fr

Patrice Jean

RÉÉDUCATION NATIONALE

roman

Éditions rue *f*romentin
Paris

« Le hideux travail de pédagogue »

Stéphane Mallarmé
(lettre à Cazalis, janvier 1865)

« *Madame Bovary*, il ne faut surtout pas donner le roman à lire, comme ça, sans direction, comme on le faisait autrefois. Pourquoi ne pas demander aux élèves d'aller dans le centre de Saint-Nazaire de façon à mener une enquête pour savoir qui a vraiment lu le roman ? Ou bien créer une page Facebook sur Emma Bovary ? »

(L'inspectrice de lettres de l'académie
de Nantes, à Saint-Nazaire,
en mars 2016)

1

Si le cœur de Bruno Giboire, un 17 août, à Arcachon, s'emballa, aucune silhouette féminine, aucun ami d'autrefois croisé sur le remblai, pas même l'apparition d'une célébrité du grand écran n'en fut responsable, non, son émoi, ses vapeurs, son bouillonnement, sa joie intérieure, son trépignement, et, en un mot, sa fièvre, procédaient de la vision d'une affiche publicitaire rectangulaire de trois mètres sur cinq, trônant dans l'azur, à deux pas d'un château gonflable, propriété du Club des Goélands, qu'un essaim d'enfants avaient investi de façon à s'affaler, en criant, sur des moellons ballonnés à l'hydrogène. Sur le panneau publicitaire, deux autres enfants sautaient de joie – une petite noire avec deux tresses et un garçonnet roux à lunettes –, tout heureux qu'Hyper U fût « le pays de la rentrée à petits prix ! ». L'une et l'autre tendaient à bout de bras un cahier et une trousse : la volonté d'apprendre, en France, n'était pas un vain mot. Giboire n'en doutait pas. Au milieu d'une foule luisante et hédoniste, l'affiche publicitaire promouvait d'autres valeurs et rappelait aux endormis que les plaisirs de la connaissance outrepassaient ceux de la sieste balnéaire, fût-elle augmentée de quelques grilles de mots fléchés, remplies à l'ombre d'un parasol. Au fond, c'était un peu de lui que l'affiche parlait, lui qui, le 1er septembre, aurait la charge de quatre classes, au lycée André Malraux, à Nantes. Il piaffait d'impatience : s'il n'avait tenu qu'à son bon vouloir, un décret ministériel aurait écourté les vacances d'été, en plaçant la rentrée scolaire à la fin de la semaine. Depuis le début du mois de juillet, il préparait ses cours, imaginait des « progressions didactiques », échafaudait des tableaux de compétences et dévorait des essais sur la pédagogie. La nuit, il rêvait qu'il rendait des copies à une classe de seconde, en félicitant chaque élève ; parfois, des applaudissements intempestifs interrompaient sa leçon, pour honorer une démonstration grammaticale, un mot d'esprit ou une envolée lyrique. Le jour, il rêvait que le recteur de l'académie lui piquait, au revers de son veston, la Légion d'honneur, sous les hourras des élèves, des collègues et du personnel administratif, cuisinier compris.

Il avait suivi une formation accélérée de deux mois, alternant les journées théoriques et les stages au collège et au lycée, auprès d'un professeur tuteur. Il avait tout adoré : réfléchir aux « pratiques pédagogiques » et assister à des cours, comme observateur. Mais sa plus grande satisfaction fut de se retrouver, pendant une heure, devant une classe de 5e à qui il enseigna la différence entre une métaphore et une comparaison. À la fin du cours, un élève lui offrit un dessin censé le représenter ; il tapota la tête du petit Sébastien pour le remercier.

Pourquoi n'avait-il pas, dès la fin de ses études, rejoint l'Éducation nationale ? Bêtement, il avait écouté son père, gestionnaire-comptable à la mairie d'Orvault, une petite commune près de Nantes, et, grâce au piston familial, s'était retrouvé rédacteur territorial dans la même administration. Heureusement, il n'avait pas tardé à rallier le service culturel, de loin le plus intéressant, car on y rencontrait des artistes et des « gens un peu fous ». Il avait même dîné un soir d'avril avec Michel Fugain, dans un restaurant des bords de Loire.

Mais des soirées comme celle-ci étaient rarissimes. La partie administrative prenait le dessus, alors qu'il recherchait l'humain. Certains de ses amis professeurs l'encourageaient à passer un concours de l'Éducation nationale : « Écoute, Nono, tu as le profil idéal pour l'enseignement ! Tu aimes parler et donner des conseils. T'aimes bien les enfants et, en plus, t'as lu plus de livres à toi tout seul que nous tous réunis ! » Cependant, l'épreuve du Capes n'était pas si facile, et puis il n'avait pas le temps de la préparer.

Tout allait changer grâce à Nathalie Roger, en charge du service éducatif de la mairie, qui, pendant un déjeuner, l'informa qu'une nouvelle circulaire ministérielle dressait une liste de qualités donnant le droit, sans passer les épreuves habituelles, d'intégrer, comme professeur titulaire, l'Éducation nationale. Dès cet instant, Bruno envisagea la possibilité de quitter la mairie d'Orvault. Il consulta la fameuse liste : l'alinéa 12 du chapitre 6 le concernait en particulier : « Toute personne atteinte d'une malformation physique handicapante est autorisée à passer un concours réservé et spécifique, composé d'une dictée et d'un entretien validant. » Une semaine plus tard, il obtenait un 12/20 à la dictée, puis convainquait le jury de son érudition littéraire. Quant à l'infirmité physiologique, elle était flagrante : Bruno était né avec un troisième testicule, en plus du couple coutumier. On n'insista pas pour vérifier l'anomalie, malgré une curiosité légitime de voir la chose. Un certificat suffit.

En ralliant la légion des professeurs, Bruno ne troquait pas seulement un gagne-pain pour un autre, non, il renouait avec l'Histoire. Il avait souffert du caractère local et provincial de sa mission : même quand il recevait des artistes internationaux comme la *banda* péruvienne de Los Koyas, Bruno s'affligeait que le concert ne touche qu'une poignée d'abonnés (en outre, les journaux s'en tamponnaient le coquillard). Désormais, il participerait à une œuvre nationale et universelle : la transmission des savoirs, le progrès de la civilisation. Tout le monde s'intéressait peu ou prou à l'enseignement, que l'on soit le parent d'un élève, le mari d'une institutrice ou le voisin d'un professeur d'espagnol. De surcroît, personne n'avait échappé à de longues années de scolarité, expérience qui autorisait n'importe qui à donner son avis sur la question éducative.

Ses derniers jours à la mairie d'Orvault avaient correspondu avec le début des épreuves du bac, au mois de juin : les journaux, la radio, la télévision ne cessaient d'en parler. Bruno ressentit le péché d'envie : que n'appartenait-il déjà au corps d'élite des examinateurs ? Il lui tardait de corriger des copies, d'annoter dans les marges et de souligner des fautes d'orthographe. Malheureusement, la rumeur médiatique abandonna très vite le baccalauréat pour le Tour de France, la météo des plages et un tremblement de terre en Iran, responsable de trois mille morts : « Vraiment, pensa-t-il, on vit dans une société du spectacle, il n'y a plus que l'audimat qui compte. » Il retrouva sa bonne humeur, à la mi-juillet, grâce à un stage sur « l'herméneutique de la didactique ». Il fréquenta alors une trentaine de passionnés du « cours en séquence », échangea des idées avec eux, travailla en groupe et, honneur suprême, on le choisit, au sein de son équipe, pour rapporter, devant toute l'assemblée, le fruit pédagogique de la demi-journée de réflexion. Il se trouva tellement intéressant à dérouler son argumentaire qu'il fut tout surpris qu'on l'interrompît pour laisser la place au rapporteur suivant : il avait parlé pendant une heure, et le temps avait filé sans qu'il s'en aperçoive, par la grâce de son éloquence ! À trente-cinq ans, Bruno Giboire n'avait pas encore fait le tour de lui-même, et ça, c'était super !

Enfin, ce fut le jour J : la prérentrée ! À mesure que les vacances d'été avançaient, on trouvait çà et là, dans les journaux, des articles évoquant « le salaire des profs » ou le « coût de la rentrée », mais ces apéritifs ne calmaient pas sa faim. Aussi, dès qu'il alluma la radio, le 1er septembre, il sourit de contentement : cette fois, les chroniqueurs glosaient, avec gravité ou légèreté, sur la « rentrée des enseignants ». Un journaliste de France Inter avait même interviewé un professeur de l'académie de Nantes : Bruno approuva chacune des paroles de son confrère. À la fin de l'entretien – bien trop court ! –, il ne put réprimer un clin d'œil en direction du poste de radio : son collègue avait *assuré*, il était fier de lui. Le monde marchait à nouveau sur ses deux jambes.

Dans le tramway, Bruno afficha crânement son cartable : il n'était pas un passager comme les autres, on parlait de lui partout, dans les médias et les conversations. Les passagers l'identifiaient très certainement à l'un de ces professeurs qui, ce jour-là, reprenaient dans une main la rêne du Savoir et dans l'autre celle de la Nation. Qu'un enfant ou une vieille dame vinssent lui demander un autographe l'aurait à peine surpris.

De l'arrêt du tramway au lycée, il y avait quelque deux cents mètres que Bruno parcourut sans se presser, pour jouir, pas à pas, de ces instants précédant la découverte du lycée. De toute façon, il était en avance d'une demi-heure.

Le cœur battant et la gorge sèche, il franchit un portail puis, plus loin, la porte d'un bâtiment de quatre étages, quadrillé par de larges fenêtres : le hall était vide, mais on respirait à pleins poumons le bon air de l'administration. Dans la salle des professeurs, personne n'était encore arrivé. Bruno en profita pour inspecter l'endroit : traînaient sur des panneaux d'affichage plusieurs papiers punaisés, une invitation à quelque soirée dansante pour fêter la fin de l'année scolaire (format A3), des tracts syndicaux, des listes d'élèves et trois dessins de presse. Des fauteuils en quinconce entouraient une table basse sur laquelle une revue du SNES jaunissait peinardement en la compagnie d'un gobelet de plastique blanc. Bruno feuilleta la revue, il repéra quelques articles sans doute très intéressants, qu'il lirait plus tard. Les fenêtres donnaient sur le parking : c'était bien, c'était pratique. Deux rangées de casiers, pareils à ceux des consignes de la SNCF, habillaient les murs de la salle. Il remarqua que chaque casier arborait une étiquette avec un nom et un prénom ; et si les siens s'y trouvaient déjà ? En s'aidant du classement alphabétique, il tomba prestement sur *son* casier, l'ouvrit et se réjouit à la vue d'un carnet de notes (offert par le Crédit Mutuel) et d'un livre de poche, envoyé par l'éditeur Nathan, proposant des séquences toutes faites. Soudain, le silence fut rompu par le bruit d'une machine dont le rythme rappelait, en plus doux, le tchou-tchou des locomotives de jadis : un professeur, en chemise blanche et jean, photocopiait les pages d'un manuel scolaire. Bruno s'approcha de la photocopieuse : « Bonjour, je suis le nouveau professeur de lettres, monsieur Giboire…

— Moi, c'est Jean-Louis, prof d'anglais, depuis 15 ans dans l'établissement. Et en ce moment, je fais des photocopies avant que tout le monde se précipite sur la bécane. Tiens, un conseil : je te garde la place, puisque t'es là, comme ça, tu ne feras pas la queue comme les nigauds qui attendent toujours le dernier moment…

— Mince, si j'avais su, j'aurais apporté des cours. Là, je n'ai pas grand-chose…

— C'est pas grave, photocopie quand même quelque chose… Ta carte d'identité, un texte de Hugo, un article de journal, ça peut toujours servir…

— Vous croyez ?

— Eh, on se tutoie, on travaille dans la même crémerie ! »

Un franc sourire éclaira le visage hâlé de Jean-Louis. C'était sûrement un type sympa, ce Jean-Louis. Dommage que sa chemise fût trop ouverte, regretta Bruno, lui qui avait d'abord mis un nœud papillon, avant de le cacher dans une poche de sa veste. En tout cas, le conseil n'était pas perdu, il l'appliquerait dès la prochaine rentrée, au retour des vacances de Toussaint.

La salle des professeurs se peuplait peu à peu. L'atmosphère était à la décontraction, certains hommes portaient des bermudas et des tongs, et les femmes, pour la plupart, arboraient des robes d'été et des lunettes de soleil. On se serait cru dans un club VVF, quand les estivants sont accueillis par les gentils animateurs. La bise était de rigueur ; beaucoup racontaient leurs vacances. Bruno eut envie de rappeler tout le monde à l'ordre, mais l'audace lui manqua. Heureusement, des phrases plus dignes parvinrent à ses oreilles : elles émanaient d'un groupe de trois professeurs du beau sexe qui échangeaient des devoirs et des corrigés, « construits » pendant le mois d'août : Bruno, ravi, se présenta. Le courant passa immédiatement : on parlait la même langue, on partageait un même fol espoir : que les élèves sachent tous, à la fin de l'année, construire un plan de commentaire composé. La plus grande, une certaine Brigitte Delannoy, caressait le projet d'emmener une classe de 1re à Fort-de-France, sur les traces d'Aimé Césaire, ce qui serait, dit-elle en riant, « un beau pied de nez contre le racisme ! ».

C'est en cette charmante compagnie qu'il assista, dans un amphithéâtre, au discours du proviseur et de son équipe administrative. Le silence ne fut pas facile à obtenir, les blagues et les péripéties du mois d'août se dissipaient trop lentement. Enfin, l'allocution du chef d'établissement se déroula, bureaucratique et ennuyeuse, avec l'appui d'un PowerPoint illustrant les chiffres de la réussite au bac : les résultats dépassaient les 90 % de reçus, pour toutes les séries. Bruno regarda ses collègues avec admiration : sous leur air de touristes décontractés, on avait affaire à l'élite des pédagogues. Discrètement, il noua autour du cou le petit nœud papillon bleu marine qu'il avait rangé dans sa poche. Sa voisine, une trentenaire à l'air sévère, mais plutôt jolie, lui glissa à l'oreille : « Eh bien, toi, tu vas nous changer des bouseux qui encombrent la salle des profs ! » Bruno sourit bêtement, mais ne répondit rien : certes, le compliment de Nadège Barreau flattait sa coquetterie, cependant, en dépréciant ses confrères masculins, l'éloge entamait sa fierté nouvelle d'appartenir au corps des professeurs. Le sourire bête l'avait souvent sauvé de situations embarrassantes, il en usait avec un grand naturel et une belle générosité.

Les nouveaux professeurs d'André Malraux – une quinzaine – se présentèrent, en se levant, chacun à son tour, à l'appel de leur nom et de leur discipline. La nouvelle professeure d'histoire provoqua une rumeur admirative, il y eut même quelques applaudissements et des sifflements équivoques. Quand ce fut au tour de Bruno de se présenter, il ne déclencha pas le même enthousiasme, bien qu'il demeurât debout alors que d'autres noms et d'autres visages se pliaient tout à tour au protocole de présentation.

La réunion prit fin avec la distribution des emplois du temps, une distribution retardée par des « intervenants extérieurs » : un pompier, un drogué repenti, deux infirmières, deux conseillères d'orientation et une nuée de culturels et de syndicalistes. Personne ne les écoutait vraiment. Même Bruno avait hâte de connaître son emploi du temps. Brigitte Delannoy poussa un cri en consultant la feuille A4 qui programmait ses cours hebdomadaires : elle n'avait pas son lundi ! Pourtant, au mois de juin, elle avait souligné d'un trait rouge la journée du lundi qu'elle souhaitait libre pour organiser le voyage des premières à la Martinique. C'était tout bonnement incroyable. Des collègues tentaient de la consoler, peut-être qu'elle pourrait obtenir réparation. Didier Merluche, de CGT-FO, soupçonna un mauvais coup de la direction, peu encline à lutter contre les discriminations raciales : « C'est bien dans l'air du temps, ça, maugréa Didier, c'est le grand retour en arrière, vers les années noires du pétainisme. » Dans l'ensemble, peu se réjouissaient de leur service hebdomadaire, on regardait avec envie celui de son voisin, on l'estimait plus aimable que le sien. Les plus conservateurs se sentaient soudain l'âme révolutionnaire : que Nantes fût dotée d'une Bastille, elle eût été prise d'assaut par des régiments de professeurs de maths, assoiffés de justice et de demi-journées libérées.

À contre-courant, Bruno considérait son emploi du temps avec félicité : il viendrait tous les jours au lycée et, de surcroît, bénéficierait de pauses entre les cours, qu'il emploierait pour corriger ses copies, lire au CDI ou (quelle folie !) discuter avec ses collègues. Mais la jeune Nadège Barreau ne voyait pas les choses selon cette naïve interprétation : « Regarde tous les *trous* dans ton emploi du temps ! ils t'ont pas raté ! Et en plus, tu n'as aucune demi-journée de libre ! » Elle prévint Merluche de la crapulerie dont souffrait le nouveau collègue de lettres ; le syndicaliste n'y alla pas par quatre chemins : « La réaction a décidé d'attaquer dès la rentrée. Il faut préparer la riposte au plus vite ! Je vais poser une heure syndicale pour vendredi prochain : ça va barder ! » Pour l'heure, l'amphi s'évidait par petits groupes qui, pour la plupart, se retrouvèrent à la cantine, au pot de rentrée offert par la direction. Les discussions ne musardaient plus, comme à l'orée de la matinée, du côté des plages italiennes ou des cités lusitaniennes ; elles portaient sur le nombre d'élèves par classe, le service de notes informatique ou la mise en place d'activités interdisciplinaires : les vacances étaient déjà bien loin.

Le proviseur serra la main de Bruno, d'une poigne énergique : « Alors, vous êtes nouveau dans la profession ? Vous verrez, c'est un métier formidable ! J'ai moi-même enseigné l'éducation physique pendant vingt ans… Et les gamins, ici, c'est de la crème ! »

Bruno répondit qu'il était honoré d'entrer dans le « corps glorieux de l'Éducation nationale ». Personne ne savait s'il blaguait ou s'il pensait ce qu'il venait de dire. Bruno ne souriait pas, son regard se perdit par-dessus un nuage de dos, et contempla l'horizon des toits gris tourterelle de la ville.

Trois autres réunions occupèrent l'après-midi : celle des équipes disciplinaires, celle des équipes pédagogiques, celle des équipes modulaires. Un professeur de lettres, lors de la première de ces réunions, expliqua à Bruno, derrière ses lunettes demi-lunes, d'un air docte et jovial, le sens du travail en équipe : « Le temps où un professeur était seul dans sa classe, face aux élèves, est dépassé. Fini l'enseignement à la papa, où l'on croyait que la transmission n'avait lieu que dans un sens, celui du soi-disant sachant vers les apprenants ! Aujourd'hui, on travaille en équipe, avec ses collègues, on prépare des cours ensemble, sans chichis : il faut que le savoir circule, comme un ballon entre des joueurs de hand ! » Bruno acquiesça : c'est ainsi qu'il concevait sa mission. Décidément, il allait se plaire dans ce lycée.

Quand on aborda le thème des voyages scolaires, tous les professeurs de français se tournèrent vers la pauvre Brigitte ; Claude Pousseur, le prof à demi-lunes et à veste côtelée, posa sa main sur l'avant-bras de sa collègue, en signe de solidarité et de soutien, geste qui provoqua une crise de larmes chez la suppliciée. « On va trouver une solution, continua Pousseur, ne t'inquiète pas. » Pendant une minute, les douze professeurs de l'équipe de lettres affichèrent une mine compatissante et consternée. Néanmoins, la vie reprit ses droits : Véronique Boutier informa ses collègues qu'elle envisageait un séjour à Lyon, pour assister au célèbre festival de danse du 15 au 20 janvier ; elle étudierait, en cours, un groupement de textes sur le thème du festival. « C'est super ! s'exclama Florence Boulard, t'as toujours des idées novatrices ! » Véronique Boutier confirma. Michelle Bouvier préparait un voyage à Venise, Élise Durand une semaine en Corse et Jenny Bigot « une exploration des lieux de mémoire, entre indignation et reconnaissance ». Élise Durand voulut en savoir davantage : « Ce qui t'emmènera où ?

— Oh, rien n'est arrêté. Je pense à Lisbonne ou à Nice. À voir. »

Bruno ne sut pas quoi répondre quand on l'interrogea sur ses projets, il bafouilla qu'il avait songé à une virée aux États-Unis. Cette proposition rencontra un franc succès : « Tu pourrais étudier *24 heures chrono*, en liaison avec la tragédie antique, ça serait génial pour les élèves », s'enthousiasma Léo Belin, un jeune collègue, avec un t-shirt noir, des Converses orange et une tignasse ébouriffée. Quant à Nadège Barreau, elle était prête à l'aider et à participer au projet américain.

Un dernier professeur, en retrait pendant la réunion, intervint, sourire aux lèvres, pour informer l'assemblée qu'il comptait entreprendre, avec ses élèves, « un voyage intérieur, grâce à l'étude des grands textes de la littérature ». Claude Pousseur se pencha vers Bruno et murmura : « C'est Pierre, ne fais pas attention à lui, c'est un réac… » Le verdict de Pousseur s'augmenta d'un codicille, élaboré et formulé par Jenny : « En plus, il est au SNALC… » Devant la mine incrédule de son interlocuteur, elle ajouta : « Un syndicat cryptofasciste. »

Bruno observa le cryptofasciste : un type plutôt élégant, portant veste grise et polo noir, sans doute dans la quarantaine. Il n'imaginait pas le fascisme, même crypto, avec ce visage souriant et ironique. Comme quoi, il ne fallait pas se fier aux apparences. Il se félicita que ses nouveaux amis l'eussent mis en garde, il se promit d'être vigilant et ne pas prêter l'oreille aux propos putrides de Pierre Renoir.

Nadège l'aida à récupérer, dans chaque service administratif idoine, le trousseau de clés et de codes, sans quoi un professeur, de nos jours, n'est qu'un soldat à poil sur un champ de bataille : clés des salles de classe, de la salle informatique, de la salle des professeurs, du parking, des toilettes et du frigo ; code pour allumer l'ordinateur, pour tenir son cahier de textes, pour inscrire ses notes ou faire des photocopies ; carte pour aller à la cantine ou bénéficier de réductions inutiles.

— Vous êtes mon Ariane, lui dit-il, d'un air emphatiquement sous-entendu.

Dès son retour dans l'appartement de la rue Marivaux, dans le centre de Nantes, il se précipita sur le poste de radio pour vérifier que le journal de France Inter traitait bien de la rentrée des professeurs. Le sujet n'intervint qu'en fin d'émission, qui plus est mélangé au thème de la rentrée des élèves. Bruno s'en contenta ; après tout, on parlait encore de lui. Il haussa néanmoins les épaules, à la façon d'un philosophe devant la folie des hommes.

En pénétrant, le lendemain, dans l'enceinte du lycée, il eut un pincement au cœur, pareil à celui qu'il éprouvait, lycéen, le premier jour de classe ou lors des épreuves du bac. Il faut dire que la décontraction de la veille avait laissé place à une atmosphère plus tendue, moins chemise hawaïenne. Des adolescents s'engouffraient mollement dans les couloirs et les escaliers. Pour un peu, Bruno aurait été s'asseoir à leur côté ; mais, cette fois, c'était à lui de monter sur l'estrade et de faire l'appel. Bientôt toute la classe de 1re, dont il était le professeur principal, lui fit face : ça ne respirait pas la joie de vivre. Bruno songea aux sauterelles qu'il capturait, enfant, pour les enfermer dans une bouteille de plastique transparent. Certains élèves jetaient un regard dépité sur les feuillages qui tremblaient derrière les fenêtres : le monde extérieur continuait de vivre – sans eux.

Il commença par se présenter, en omettant de révéler sa nature de « nouveau professeur ». Il lut le règlement intérieur du lycée, qu'il présenta comme un genre de droits de l'homme, « en plus petit ». Il distribua des feuillets administratifs et l'emploi du temps de la classe. Tout passa très vite, de sorte qu'au bout d'une demi-heure, il ne savait plus que faire. Les vrais cours commençaient le lendemain, et il n'avait rien prévu pour l'heure et demie suivante. Alors il proposa aux élèves d'écrire un dialogue sur le thème : « une journée au zoo ».

Dans la salle des professeurs, il fanfaronna en révélant qu'il venait de donner, le jour de la rentrée, son premier devoir : « Tu comprends, dit-il à Élise Durand, il faut mettre les élèves en activité sans tarder ; il ne sert à rien de blablater.

— Eh bien, répondit-elle, admirative, tu mets la barre haut !

— À vous de suivre… Accrochez-vous, ça va tanguer ! »

Il quitta le lycée comme un amoureux après son premier rendez-vous, ingambe, en sifflotant, le cœur joyeux. Son cours était une véritable réussite, il avait su improviser de belle façon. En outre, aucun bavardage, mais des élèves attentifs et intéressés. Il téléphona à sa mère pour lui narrer son exploit. Elle s'étonna du sujet de « rédaction », elle se souvenait de l'avoir traité, en tant qu'élève, à l'école primaire, dans les années 50. Bruno y vit un merveilleux symbole de la pérennité de la transmission des connaissances à travers les époques. Certes, il était un « innovant », toutefois ce clin d'œil du destin le réjouissait. Et puis, ce devoir n'était pas ce que sa mère, dépassée, appelait une « rédaction », mais une « mise en écriture dialoguée, ancrée dans une situation d'énonciation familière à l'apprenant ». Ah, les vieux !

Les cours ne débutèrent pour de vrai que deux jours plus tard. Bruno présenta le programme de l'année avec l'exaltation d'un animateur de télévision annonçant des invités exceptionnels. Il projeta un tableau de séquences, subdivisées en séances, sous-subdivisées en objectifs didactiques ; et en plus, il y avait des couleurs ! Le public tarda à s'enthousiasmer ; à part un lèche-cul du premier rang qui chuchota à l'oreille de son voisin, mais suffisamment fort pour que le professeur l'entendît : « Ça va être super, les séances sur *le naturalisme comme métaphorisation du réel !* »

Les premiers jours furent un enchantement permanent : tout ce qu'il avait préparé pendant l'été s'incarnait dans les salles de classe, grâce à des élèves consciencieux, prompts à lever le doigt, ne rechignant pas à la tâche : encore que ce vocable ne convînt pas pour désigner « le voyage vers/à travers (?) le savoir, dans la région des lettres ». Il fourmillait d'idées pédagogiques, de schémas didactiques, de projets culturels. Il aimait en parler avec Nadège, à la cantine ou entre deux cours, voire en fin de journée. Véronique Boutier se joignait souvent à eux pendant les repas, ajoutant son expérience (elle avait longtemps assuré des cours à l'ESPE), au vent frais de néophytes (bien que Nadège enseignât depuis cinq ans, elle se considérait comme une « jeune prof »).

Dans toute idylle, on dénombre quelques méchants qui, par contraste, soulignent la grandeur et la bonté des héros. Ces méchants ne manquaient pas : ainsi ce triste sire, professeur de philosophie, André Masson, qui, lors d'un déjeuner, entreprit de refroidir ses ardeurs : « Il y a toujours une période de grâce, en début d'année, où les élèves sont attentifs et silencieux. Cette phase dure quelques semaines ; puis les efforts se relâchent, le bavardage s'insinue peu à peu… Et à la fin de l'année, le cancre triomphe ! » Et il y avait aussi la cohorte des blasés et des fatigués qui semblaient concevoir leur métier comme une corvée, Nadège les appelait « les ricaneurs » ou « les vieux profs ». Elle affirmait que si un jour la joie de transmettre la quittait, elle arrêterait tout de suite d'enseigner. Bruno, lui, n'en revenait pas qu'il pût exister de ces êtres désabusés à qui l'on confiait des jeunes gens pleins du désir d'apprendre. Quand il croisait des élèves, dans un couloir, qu'un « ricaneur » invitait à entrer dans une salle de classe, il éprouvait un sentiment de révolte, mâtiné de dégoût. Pour Bruno, on ne pouvait être un professeur de qualité si l'on manquait de fougue, de désir, de joie et, au fond, de jeunesse. À ses yeux, le scepticisme était une faute morale, l'ironie une défaite.

Loin de le décourager, le clan des « ricaneurs » confirmait sa vocation : il imposerait le silence aux médiocres et, grâce à son travail, la didactique des temps nouveaux triompherait au lycée André Malraux, il en fit le serment, un soir, devant un « manuel de pédagogie en séquences », qu'une goutte de son sang macula, « à la vie à la mort ».

De tous les « vieux profs » que Nadège exécrait, il en était un plus vermoulu que les autres, un professeur d'histoire, au regard torve derrière des lunettes rondes, à demi chauve, avec une moustache jaunie par le tabac, dont on disait qu'il n'avait pas d'autres méthodes d'enseignement que le cours magistral ! Bruno refusa d'abord de le croire, ce n'était pas possible, pas aujourd'hui, pas au début du troisième millénaire ! Mais Léo Belin, son jeune collègue de lettres, corrobora la rumeur : oui, Robert Massin ne proposait jamais à ses élèves « d'être en activité », ne dressait aucun tableau de synthèse, ne s'appuyait sur aucune problématique, mais, à la place, se contentait de raconter l'histoire du monde, en la truffant d'anecdotes érudites et accessoires ! Heureusement, personne, ou presque, ne lui adressait la parole, ni ne l'avait jamais invité à une soirée de l'amicale. Plusieurs collègues, plus héroïques que les autres, avaient même écrit une lettre à l'inspecteur d'histoire pour exiger la mise à pied du récalcitrant. Peine perdue : le salopard bénéficiait de soutiens occultes à l'inspection d'académie. Des générations d'élèves étaient sacrifiées sur l'autel du copinage. Dépités, de courageux collègues cagoulés cassèrent la gueule de Massin : certes, ils n'obtinrent pas le renvoi définitif du professeur dépravé, mais, du moins, celui-ci fut-il empêché de nuire pendant six mois.

Avec le temps, les Massin disparaîtraient complètement. Un jour, les ricaneurs eux-mêmes cesseraient de rire et les « vieux profs » finiraient par crever. Il ne resterait plus qu'une élite de professeurs dynamiques, que la pédagogie, bien plus que les vieilleries littéraires, motiverait. Cette aurore, Bruno, à certaines heures, l'entrevoyait, quand, dans la salle des profs, une volière de jeunes femmes, colorées et souriantes, s'agitait en tous sens – l'une découpant une photo de U2, l'autre chantonnant *Bella ciao*, tandis que, près de la photocopieuse, on entendait de splendides roucoulades didactiques.

Quand il rentrait chez lui, assis sur un siège jaune du tramway, Bruno, entre deux idées pour ses cours, revoyait l'image envoûtante de la volière ; son visage retrouvait alors l'expression émerveillée qu'il arborait, bébé, en secouant son zèbre Arthur dans tous les sens – bave en moins.

En ce mois de septembre, il ne connut la mélancolie que le week-end. Deux jours sans élèves le plongeaient dans le désœuvrement. Par bonheur, on arrivait promptement au dimanche. Pour se désennuyer, il se promenait dans le parc de Procé ou au jardin des plantes. Pour la première fois de sa vie, il se mit à regarder avec envie les couples accompagnés par des enfants et des adolescents : ces derniers n'étaient-ils pas d'abord des élèves ? En grattant le vernis du sale môme qui jouait au football se trouvait, certainement, un apprenant que ses parents, s'ils le souhaitaient, avait le droit d'interroger et de mettre en activité pédagogique. Une chance dont certains, visiblement, ne profitaient pas, laissant leurs enfants courir sur les pelouses, sans même intégrer leur course à un projet de connaissance. Tant d'heures et tant d'heures se perdaient ainsi dans la gratuité ! Quelle pitié !

Le célibat n'était peut-être pas la solution. Il avait longtemps cru que la conjugalité nuisait à l'épanouissement professionnel, et qu'il reçût, à la mairie d'Orvault, une troupe de théâtre ou qu'il photocopiât un tableau cognitif, il souhaitait se donner tout entier à sa fonction. Ses flâneries du dimanche lui ouvraient une autre perspective : avoir à toute heure du jour et de la nuit des élèves sous la main, lesquels bénéficieraient de séances pédagogiques gratuites et illimitées ! Ses classes, au lycée, à leur tour, profiteraient de cette expérience familiale. Il songeait alors à tous ces professeurs privilégiés qui ne manquaient jamais d'un lot d'élèves, puisé dans leur propre fonds.

Pour avoir des enfants, il lui fallait au préalable rencontrer une femme, à tout le moins acheter le ventre d'une mère porteuse à qui l'on injecterait du sperme professoral dans l'utérus. Il téléphona à Éric Dupinot, un ami gendarme, qui avait la chance d'abriter, dans son pavillon de banlieue, trois élèves et une mère d'élèves. Dupinot ne comprit pas très bien l'histoire de tubes à essai et d'enseignement à domicile que son ami Giboire déversa dans ses oreilles semi-attentives (le gendarme regardait, en même temps, un match de foot à la télé), cependant il lança, dans la conversation, sans y réfléchir, le mot d'*adoption*. Bruno s'enflamma aussitôt : on pouvait donc adopter des élèves ! De pauvres petits bouts de chou du tiers-monde tout prêts à s'investir dans un questionnement autour d'un principe de base ! « Ah putain ! Merde ! » s'écria Dupinot (l'équipe de France venait de rater un penalty), exclamation que Bruno approuva. Cependant, Dupinot ne cacha pas à son ami qu'une adoption prenait parfois des années, qu'il y avait de nombreux formulaires à remplir, des entretiens avec des psychologues, des enquêtes de l'assistance sociale, etc. (le match était terminé).

Quand il raccrocha, son exaltation avait décru : l'adoption n'était qu'un rêve. Quant à la mère porteuse, les tarifs, si l'on en croyait Dupinot, en étaient « prohibitifs ». Non, il fallait se rabattre sur une femme. Or depuis que Sandrine l'avait quitté, deux ans plus tôt, Bruno n'était pas chaud pour s'emboîter à nouveau dans un vagin. Il était l'un de ces rares hommes à ne pas être un obsédé sexuel. Il consentait de mauvaise grâce à faire l'amour, quand vraiment il n'y avait rien d'autre à faire. Et puis, il en avait marre des rires qui saluaient, à chaque nouvelle amante, l'observation de son testicule surnuméraire, suivis inévitablement de la même réflexion : « Ce n'était donc pas une blague, cette histoire de troisième couille ? ! »

Pourtant, la fabrication naturelle de l'enfant, par saillie, pour assommante qu'elle fût, finit par s'imposer comme la plus facile des solutions. Il repartirait donc à l'assaut du continent féminin, perspective bien sombre qui l'aurait déprimé tout à fait, si les cours et la correction des copies ne lui avaient apporté joie et réconfort.

2

« Au début, on ne s'en aperçoit même pas : ils sont imperceptibles. Alors on ne réagit pas, on ne peut réagir à l'infiniment petit. Et puis, un jour, on en entend quelques-uns, d'abord très timides, prêts à disparaître au moindre coup de menton, mais, là encore, on ne s'inquiète pas : ils ne sont pas dérangeants, à quoi bon s'en occuper ? C'est alors qu'ils se multiplient, prennent plus de place, se renforcent, s'amplifient ; on se dit qu'on va prendre des mesures, et l'on n'en prend pas, car on maîtrise encore la situation. Un peu plus tard, le phénomène s'installe dans la durée. On vit désormais avec, on s'habitue à tout, ce n'est pas si grave. Certes, la sérénité du début s'est effritée, on se sent moins bien, mais on contient les débordements. Un temps seulement, car le phénomène enfle, comme grisé par sa puissance, par le nombre. Et l'on s'aperçoit, un beau jour, qu'on a perdu la partie. Il n'y a plus qu'à supporter, vaincu, le rire des nouveaux maîtres ! »

Jenny Bigot haussa les épaules : « C'est malin ! » puis elle se replongea dans ses copies, qu'elle corrigeait au stylo vert (pour ne pas traumatiser les élèves avec un feutre rouge, la couleur du sang). Bruno regarda la petite Jenny, avec un air étonné : les raisons du rejet ostentatoire, par sa collègue, de la tirade de

Pierre Renoir, lui échappaient. Pour son compte, il avait bien aimé cette fable sur la lente progression du fascisme, sans oser demander s'il s'agissait d'un résumé de *La Peste* ou de *Matin Brun*. Quand Claude Pousseur l'informa qu'en réalité Renoir ne parlait pas du fascisme mais des bavardages en classe, Giboire s'indigna à son tour : l'analogie lui parut de très mauvais goût. On ne jouait pas avec la liberté des hommes, ni avec l'écrasement du savoir sous le talon de dictateurs incultes. Le soir même, il relut *Matin Brun*, avec l'émotion de la première fois : comme l'auteur, par petites touches, décrivait délicatement l'ascension du totalitarisme ! Un pouvoir autoritaire éliminait, par mesure hygiénique, les chats et les chiens dont le pelage n'était pas brun ; au début, personne n'y voyait à redire. À la fin, tout le monde était menacé, faute d'avoir compris à temps qu'il aurait fallu résister dès la première arrestation, qu'aucun chien brun ne méritait d'être abattu, fût-il tacheté de noir et de blanc.

Giboire travailla jusqu'à trois heures du matin à l'élaboration d'une série de *séances* construites à partir de *Matin brun* : Renoir s'était moqué de lui et de sa collègue, il allait voir ce qu'il allait voir ! Les élèves, pour sûr, à la fin de sa séquence, n'ignoreraient rien des dangers de l'apathie face à la peste brune, et – coup double ! – admireraient l'efficacité d'un texte littéraire, sa flamboyante capacité à éveiller les consciences, à créer des « poches de résistance ».

Les yeux cernés par sa veille tardive, il arpenta les couloirs, le lendemain, un exemplaire de *Matin brun*, en pochette de costume : il aurait aimé croiser Pierre Renoir, pour lui montrer qu'il ne craignait pas ses sarcasmes.

Les élèves aimèrent tout de suite la nouvelle de Franck Pavloff : « Hitler, quel salopard ! » s'indigna Théo, porte-voix de la conscience citoyenne du « groupe-classe ». Bruno s'empressa, à la fin de l'heure, d'informer plusieurs confrères de la « conscientisation politique de ses élèves ». On le félicita chaleureusement. Jeanne-Claire Guérin, professeure d'histoire-géographie, lui proposa, à la cantine, de préparer une séquence interdisciplinaire sur la Deuxième Guerre mondiale. Dès le dessert (un yaourt à la fraise), le projet, dans ses grandes lignes, était bouclé. « T'aurais vu, s'enflammait Giboire, commentateur ému de son propre cours, les mains qui se levaient, les yeux qui pétillaient… À la première lecture, avant même de deviner le sens caché du texte, toute la classe était révoltée par le sort réservé aux chiens et aux chats : Laurine Royer était en colère, elle n'a cessé de dire qu'il n'y avait pire barbarie que de tuer des animaux.

— Ça, les élèves, ils aiment les bêtes ! poursuivit la professeure d'histoire-géographie.

— Pour Baptiste Lucas, il faudrait torturer les tortionnaires de chatons, leur arracher les yeux et les couilles. Puis les exécuter d'une balle dans la nuque.

— Ils vont peut-être trop loin, là.

— C'est ce que je leur ai dit. Mais j'aime que l'injustice les révolte. Après, on peut toujours nuancer… De toute façon, quand je leur ai montré que derrière les chiens et les chats, l'auteur nous parlait des victimes du nazisme, ils ont admis que la pendaison suffisait.

— Braves petits… »

Bruno n'avait jamais douté de la noblesse de sa profession, loin de là ! Néanmoins, à la lecture de certains romans, une voix sournoise, entre deux bâillements, s'élevait, discrète et insolente, pour contester l'autorité de la littérature : « Pourquoi imposer des œuvres du passé, très compliquées, aux phrases trop longues, pleines d'imparfaits du subjonctif, à des gamins qui ne demandaient qu'à vivre, aimer et rire ? » Et que dire des *Sermons* de Bossuet, si déprimants, si loin de nous, de notre temps rétif à toutes ces vieilleries que sont la mort, la vanité de l'existence, la foi ? Pourtant, une revue du ministère en conseillait l'étude, en la compagnie, il est vrai plus souriante, de textes de Zola, de Grand Corps Malade et d'un croquis de Plantu.

Des dessins de presse ne venaient pas toujours sublimer une séquence où, quoi qu'on fasse, il fallait se coltiner des auteurs sentant la naphtaline. La petite voix, comme le vrombissement d'un moustique sans cesse renaissant, résonnait alors dans sa tête, énervante et désolante. Même *Le colonel Chabert* le mit mal à l'aise : les élèves n'accrochaient pas, et il ne pouvait leur donner tort. Lui-même s'était forcé à lire le bouquin jusqu'au bout : quel intérêt, aujourd'hui, pouvait-on prendre à l'histoire d'un type qui, de l'aveu de Balzac, n'avait déjà plus sa place dans la société de son temps ?

En principe, il aimait la littérature. Devant les élèves, il ne cessait de célébrer la beauté d'une allitération ou la hardiesse d'une métaphore. Et, sur l'instant, il ne mentait pas : d'expliquer un oxymore de Hugo le mettait en transe et il se plaisait à s'encanailler avec *Maldoror* ; le soir, nonobstant, il somnolait devant son poste de télévision, loin des atrocités épiques de Lautréamont.

La nouvelle de Pavloff chassa ses inquiétudes : oui, la littérature ennoblissait la société ! Elle était ce grain de sable qui s'immisçait dans les rouages de la tyrannie, ce fleuret transperçant le cœur des Puissants, ces mots couleur de révolte criant aux oreilles du totalitarisme, et, surtout, l'amie, la fidèle amie des hommes de bonne volonté ! Comme Ulysse, elle jouait de mille tours pour tromper les Tartuffe de tous poils, tantôt se camouflant sous la peau d'une fable, tantôt ridiculisant les despotes sur une scène de théâtre !

En consultant les instructions officielles et les manuels de seconde, il constata qu'on privilégiait la poésie engagée, le roman coup de poing, le discours enflammé, l'apologue accusateur. Mille idées jaillirent de son esprit, comme les étincelles d'un grand feu, et son cœur battit à tout rompre, ses yeux s'humidifièrent. Une lumière diaphane tomba de la lucarne de la salle de bains, et, parmi les particules de poussière, une phrase, en lettres noires, apparut dans l'ardent poudroiement : « La littérature est une arme ». Il se pressa de la noter sur son carnet Snoopy.

La didactique n'était plus son unique passion : désormais, les livres constituaient une autre raison de vivre. Et, loin de se concurrencer, les deux passions se renforçaient l'une l'autre. Il faut dire que, si vive fût sa flamme, Bruno, par intermittence, se rendait compte que la didactique ne pouvait se suffire à elle-même, quoiqu'Élise Durand prétendît qu'elle aurait pu, elle, enseigner d'autres matières que le français : l'histoire, l'anglais, la gestion. Elle se plaisait avant tout dans un rôle de *passeuse*, de *transmetteuse*. « La vie, expliquait-elle, *ça* ne s'arrête jamais... *ça* passe de main en main, de génération en génération... C'est une course de relais, alors qu'importe l'objet que l'on transmet à celui qui vient derrière soi, l'important est de le lui remettre. » Bruno acquiesçait, en se grattant le menton. Il était convaincu de la pertinence du raisonnement pour d'autres disciplines que le français : on avait tous besoin de connaître l'anglais pour séjourner à l'étranger, l'histoire permettait de ne pas avoir l'air trop con quand on visitait le château de Versailles, et, sans les maths, pas d'avion, pas de télé, pas d'ordinateur. Mais la littérature ? Racine, Vauvenargues, Diderot, Mallarmé, ça servait à quoi ? On n'en parlait presque jamais et, à moins de se voiler la face, on était dans l'obligation de reconnaître que « c'était chiant à mourir ».

Grâce à *Matin brun*, Bruno ne doutait plus. Bossuet, pour réactionnaire et dépassé qu'il fût, abondait en « stratégies argumentatives » que des élèves avertis emploieraient à de plus nobles combats, voire retourneraient contre Bossuet lui-même ! Et la princesse de Clèves, sous ses airs de fin de race, n'avait-elle pas subi les foudres d'un président de la République ignare et cruel ? « C'est bien qu'elle dérangeait », se dit Bruno. À cette époque, il ne travaillait pas encore pour l'Éducation nationale, mais Claude et Nadège, à la cantine, lui avaient raconté les folles séquences improvisées, le soir, dans la pénombre d'une salle de classe, par des collègues de lettres prêts à tout pour sauver la culture des serres du capitalisme. Des petits badges « J'aime la princesse de Clèves » avaient fleuri partout, sur les vestes, les cartables, les blousons. Presque tous les professeurs de français mirent à leur programme le roman de Madame de La Fayette. Claude Pousseur en parlait encore avec des yeux embués par l'émotion : « Quand je me retourne sur cette année-là, je me dis que ma vie n'aura pas été inutile... J'ai vécu *ça*, putain ! C'était beau... Et on a gagné ! » Bruno enviait son collègue : que n'avait-il rejoint l'enseignement plus tôt ! Il espérait, sans oser le dire, qu'un président, de nouveau, cracherait sur un roman ou un poète, n'importe lequel pourvu qu'il y eût crachat. Lui aussi avait droit à son combat : l'héroïsme ne devrait pas être réservé à quelques-uns, mais à tous les hommes bons et généreux.

Il se consolait en songeant aux petites graines de révolte qu'il avait essaimées, en quelques semaines, dans l'esprit de ses élèves : avec les années, leur esprit critique se fortifierait et s'accroîtrait. Les forces de la Réaction auraient affaire à forte partie. Il se plaisait à imaginer, certains soirs, un de ses anciens élèves – le petit Racinoux, par exemple – recevoir, à Stockholm, le prix Nobel de la paix en déclarant, devant une salle enthousiaste, qu'il devait tout à son ancien professeur de français, M. Bruno Giboire, sans qui, jamais, il n'aurait eu la force de résister à la torture, ni n'aurait combattu les puissances du mal avec tant de conviction. Parfois, emporté par son élan chimérique, Bruno essuyait une larme au moment où Racinoux, d'une voix tremblante, affirmait : « On peut le dire : si le monde, aujourd'hui, n'est pas retourné à la barbarie, c'est à M. Giboire qu'il le doit ! Merci pour lui ! » La salle se levait comme un seul homme pour applaudir l'ancien professeur du nobélisé. Interrogé par la télévision, Giboire refusait d'endosser l'éloge de son élève : « Je n'ai fait que mon devoir... Mon mérite n'est pas si grand. » Toute la presse célébrait la modestie de Giboire. Ensuite, la rêverie se perdait en des méandres filandreux. Il allumait alors la télévision ou allait se coucher.

Au lycée, entre deux cours, il passait de plus en plus de temps avec Nadège Barreau ; ils discutaient de leurs séquences. Malgré son jeune âge, Nadège n'en était pas moins plus expérimentée que lui. Elle était inscrite à un groupe de réflexion sur l'enseignement des lettres ; plusieurs de ses articles avaient connu l'honneur d'une publication dans la *Revue pédagogique*. Elle avait même donné des cours, devant de jeunes enseignants, sur « Les modalités de l'évaluation en classe de seconde ». Bruno mesurait sa chance de partager, avec une telle pédagogue, observations et idées sur les thèmes de « la carte heuristique » ou de « l'argumentation dans le théâtre classique ». Un gobelet de café à la main, Nadège, dans la salle des profs, expliquait doctement les finalités pédagogiques de son dernier cours ainsi que les stratégies d'apprentissage mises en œuvre pour y parvenir. Bruno l'écoutait, émerveillé. Elle le surprenait toujours par l'inventivité de ses pratiques didactiques et par la clarté de ses analyses. Il approuvait, commentait et, quelquefois, proposait, à son tour, une idée nouvelle pour améliorer une séance.

Un soir, avant de quitter le lycée, Bruno, avide de discussions pédagogiques, invita Nadège à prendre un café chez lui, rue de Marivaux. Sa jeune collègue, gênée, déclina la proposition ; et elle ajouta : « Tu sais, j'ai un petit copain… Je tiens à lui. » Bruno répondit que Sébastien, professeur d'éducation physique au collège, pourrait l'accompagner, qu'il serait ravi de faire sa connaissance. Surprise, Nadège se contenta de sourire.

Tout à sa déception de suspendre une passionnante conversation sur les « savoirs et les compétences de l'apprenant », Bruno passa à côté de l'ambiguïté du motif excipé par Nadège. Il n'en prit conscience que le soir, alors qu'il essuyait la vaisselle. Elle avait dû croire qu'il la draguait ! Que, sous la proposition d'échanger des idées sur *les savoir-être de l'apprenant*, se dissimulait une tactique sournoise de séduction ! L'extravagance de cette suspicion l'amusa tant qu'il éclata de rire. Lui, Bruno Giboire, préférer une partie de jambes en l'air à un débat sur la didactique, c'était vraiment mal le connaître ! Pouvait-on mettre sur le même plan des acrobaties charnelles, ponctuées par un spasme gluant, avec le sérieux d'une discussion sur « les alertes du principe d'éducabilité » ? Son hilarité se transmua en perplexité, puis en mélancolie quand il considéra que Nadège devait se livrer, certaines heures, entre les bras de Sébastien-le-primate, à la fornication : comment cette jeune femme, si douée, si élégante, si intelligente, si studieuse, pouvait-elle accéder au désir brutal de son « petit copain » ? Des images de seins empoignés à pleines mains par un être hirsute planté derrière le postérieur de Nadège s'imposèrent à son esprit ; ses images devinrent de plus en plus obscènes. Bruno se demanda ce qui lui arrivait. Il ne retrouva la sérénité qu'en plongeant le nez dans un ouvrage sur les dispositifs éducatifs.

Le lendemain, il s'excusa auprès de sa collègue, son invitation n'avait rien d'équivoque, il n'avait pas cherché autre chose qu'un bon débat, très théorique, sur la spécificité de la relation éducative. Nadège fit semblant de ne pas saisir que des intentions libidinales aient pu motiver la proposition. Bruno n'insista pas, trop content d'aborder, l'instant suivant, la question de la pédagogie différenciée. Néanmoins, il déposa, après son dernier cours, dans le casier de Nadège, un plan de séquence sur les modalités de l'incipit. Si content de son geste qu'il tint à être présent quand Nadège découvrirait, le lendemain matin, le fascicule de cinq feuilles A4 glissées dans une pochette translucide aux reflets bleus. Il voyait déjà les yeux de sa collègue pétiller tandis qu'un large sourire éclairerait son visage. Il se lèverait pour la retrouver ; elle aurait compris qu'il était à l'origine de ce cadeau merveilleux. « Je suis content que ça te plaise, dirait-il, maintenant, il faut que tu l'essaies. »

Hélas, Nadège ouvrit son casier et le referma aussitôt, sans remarquer la pochette transparente. Bruno, qui s'était levé deux heures plus tôt pour assister à la scène, en fut tout ébranlé ; pour la première fois depuis la rentrée, il ne réussit pas à se concentrer sur ses cours, son esprit le ramenait sans cesse à l'image de Nadège refermant son casier, indifférente à l'objet. Un avis de notation ou un magazine syndical, à coup sûr, en recouvrant le cadeau, en avait masqué la présence. Il avait hâte que le cours s'achevât pour vérifier la pertinence de son hypothèse. Et ce fut un soulagement de constater, à midi, qu'un dépliant culturel dissimulait, comme il l'avait pensé, la pochette translucide ! Quand même, elle aurait pu fouiller un peu ! Pour éviter une nouvelle boulette, il demeura à côté du casier et, alors qu'elle se dirigeait vers les toilettes, il l'arrêta, avec un sourire finaud, pour lui conseiller de consulter son courrier.

Elle devina tout de suite que la séquence était un don de Bruno. Il resta debout, les bras croisés, l'air satisfait. Elle le remercia, il ne fallait pas, c'était une folie. Bruno prétendit que c'était la moindre des choses, avec tout ce qu'elle avait fait pour lui.

Il prit l'habitude de déposer dans le casier de Nadège une séance, un tableau de synthèse, un article sur la pédagogie ; il acheta une grande photo en noir et blanc de Philippe Meirieu, le grand théoricien de la pédagogie, la fit encadrer, puis l'offrit à sa collègue, pour son anniversaire. Il aurait aimé que la photo fût dédicacée ; malheureusement, Meirieu n'accéda pas à sa requête, ni ne répondit, d'ailleurs, à aucun des mails expliquant le sens de sa démarche. N'importe, Nadège serait ravie d'accrocher la photo du grand homme dans son salon ou au-dessus de son bureau !

Elle finit par monter, un soir, dans l'appartement de Bruno : ils travaillèrent à la préparation d'une séquence sur « le surréalisme, une révolution dans la pédagogie des rêves ». Bruno servit du café et disposa des biscuits Trois Chatons dans une assiette ; la discussion battit son plein ; une lumière automnale ocre et rouge colorait le parquet du salon : Bruno, on peut le dire, ce soir-là, fut heureux.

Nadège prit l'habitude, après les cours, de monter l'escalier en chêne, aux degrés polis par des pas séculaires, qui menait à l'appartement de son collègue, et, en particulier, à son salon-bureau dont la grande fenêtre, au-dessus d'un petit radiateur en fonte, dominait une mer d'ardoises et de cheminées à chapeaux.

Là, dans cette pièce élégante, aux murs blancs, autour d'une table encombrée de cahiers et de manuels, de nombreuses séances furent élaborées, dans l'esprit pédagogique le plus novateur. Bruno et Nadège étaient conscients de représenter l'avant-garde de l'enseignement, de sorte que ces soirées, par quelque côté, évoquaient la ferveur des recherches laborantines du grand Pasteur ou les arrière-salles de café enfumées, abritant des comploteurs révolutionnaires : le bouillonnement, enfiévré, du progrès.

Les premières fois, Nadège reculait son heure de départ, mais finissait par rentrer chez elle, même si la séquence, comme un immeuble entouré de grues et de pelleteuses, restait inachevée, au milieu des stylos et des manuels. Un jour, cependant, elle ne put se décider à laisser sur place un cours aux trois quarts entamé ; elle téléphona à son copain : « Bruno nous invite à dîner, expliqua-t-elle, tu n'as qu'à apporter une baguette et des gâteaux. » Le repas englouti, les deux professeurs de lettres reprirent leur combat, pendant que Sébastien, en attendant, s'ennuyait devant Arte.

Jusqu'au mois de décembre, Sébastien rejoignit sa Nadège dès que celle-ci désirait peaufiner une séquence chez Giboire, avec Giboire. Puis il cessa de rejoindre les deux travailleurs : il en avait soupé des soirées télé et de l'écho des discours imbitables des deux profs de lettres réfugiés dans la pièce d'à côté. Nadège protesta. De manière à montrer sa colère, Sébastien descendit le portrait de Meirieu à la cave, puis l'accrocha au milieu de calendriers de « femmes à poil », de sorte que le sourire du Meirieu, sur la photo, se teinta d'une nuance égrillarde plutôt sympathique, comme si le grand théoricien, appréciait, en connaisseur, les paires de fesses et de seins.

Cette disgrâce faillit dissoudre le couple ; des phrases terribles, de celles qu'on formule pour blesser, furent lancées tour à tour, comme on jette une assiette ou un verre à la tête de l'autre, dans un mélange de rancœur, de dégoût et d'atroce tristesse. Nadège s'enfuit quelques jours de la maison conjugale (sise dans une rue sans charme de la banlieue nantaise). Elle se réfugia chez une amie célibataire. Elle ne pardonnait pas la vulgarité de Sébastien : elle s'était déjà offusquée de l'accrochage, dans la cave, de calendriers pornographiques (offerts par les copains du rugby), mais que, par surcroît, la photo de Meirieu se retrouvât au cœur de cet enfer de pétasses, cela la révulsait. Elle extirpa l'icône des bas-fonds vénériens où elle séjournait – la moustache poivre et sel de Meirieu quitta (à regret ?) les pubis blonds et bruns (ou chauves) de ses sœurs d'infortune. Quant à Sébastien, il ne digérait pas les injures de son amie : « Gros beauf ! », « t'es bien qu'un prof de galipettes ! ». En comparaison de ces vocables orduriers, il lui semblait que d'avoir décrit Bruno comme « un nœud papillon sur une tête-de-nœud » ne pesait pas lourd. Comme dans toutes les disputes, chacun s'estimait l'offensé. Aucun des deux ne tenait à lâcher ce rôle et chacun attendait de l'autre qu'il présente sa reddition en offrant des excuses, comme le prince d'une forteresse assiégée remet, sur un plateau, les clés de la cité à son vainqueur.

Bruno s'attrista de la détresse de sa collègue, moins encline, depuis son exil chez sa copine Sonia, à discuter de pédagogie. Quand elle lui confia qu'elle cherchait un pied-à-terre et ne savait où dormir, il répondit que son deux-pièces était trop exigu pour l'accueillir. « En revanche, ajouta-t-il, frémissant de contentement, tu pourras venir tous les soirs… on mettra au point ton article sur *la transversalité des savoirs* ! » Mais Nadège avait d'autres préoccupations plus matérielles. Bruno, pour adoucir la mélancolie de son amie, déposa, tous les jours, un article sur l'enseignement du français, un tableau de séquence, une revue didactique et même son propre exemplaire dédicacé de *Matin brun*.

Un soir, elle accepta l'invitation de Bruno. Ils expédièrent le dîner pour construire une séance sur « la poésie baroque, de Saint-Amant à Booba ». Le téléphone interrompit une controverse au sujet de *la vision du monde de Booba* ; comme tous les soirs, sa mère appelait Bruno pour prendre des nouvelles de sa journée, et, surtout, raconter la sienne. La discussion dura un quart d'heure. Quand il revint dans le salon, Nadège avait ôté sa chemise : elle lui lança un regard de défi ; ses seins pointaient sous un soutien-gorge blanc en dentelle. « Tu as bien fait de te mettre à ton aise, c'est vrai qu'il fait chaud ici, commenta Bruno. Bon, on en était où ? » Le lendemain, Nadège retourna vivre chez Sébastien ; celui-ci consentit à ce que le portrait de Meirieu siégeât au-dessus du lit, pareil à une image pieuse, en plus moustachue.

3

On approchait du premier conseil de classe. Personne ne l'avait vu venir, celui-là, il prenait toujours le professeur par surprise, lui qui se baladait, insouciant, cueillant un devoir ici, un contrôle là-bas, croyant remplir, sans se presser, son panier de notes ; jusqu'au jour où il recevait un mail l'informant de la date du conseil trimestriel, événement spécifiant la fermeture de la cueillette. Alors il s'empressait de donner ses ultimes devoirs, malgré les légitimes protestations des élèves, tout surpris d'avoir à rendre compte de leurs progrès dans des disciplines que certains croyaient n'exister que pour passer le temps, en écoutant des adultes désuets transmettre des « trucs de naze » dont on ne parlait jamais à la télé, ni sur Skyrock.

L'élan de septembre avait laissé la place à une lassitude générale : tout le monde se souhaitait « bon courage ! » avant d'aller en cours, comme si chacun, au lieu de pénétrer dans une classe, descendait dans les abysses d'une mine de charbon. Certains élèves avaient déjà décroché : les plus récalcitrants ne tenaient pas plus d'une semaine le rôle de l'élève disposé à étudier. Ils bénéficiaient désormais du reste de l'année pour exhiber d'autres talents, moins propices au travail de la classe, comme le bavardage, le gloussement, la protestation permanente, le retard et, pour les plus frétillants, la drague pendant les cours.

Bruno, lui, arborait un teint frais et un enthousiasme inentamé. Il avait hâte d'assister à son premier conseil de classe ; il avait même réfléchi à la question. De son ancienne fonction à la mairie d'Orvault, il avait acquis l'expérience des réunions où l'on peut confisquer la parole, de façon à emmerder le monde, pauvre public captif, obligé d'écouter vos brillantes analyses.

Il avait préparé un discours sur chaque élève, s'adossant à une rhétorique classique (invention, exorde, disposition, péroraison) mâtinée d'un revêtement didactique à la dernière mode.

Il sortit, ravi, du conseil de classe. Et dire qu'il en restait encore trois autres ! Du côté des collègues, l'enthousiasme était plus mesuré ; les moins convaincus envisageaient même de recourir à l'arsenic pour empêcher le retour, au deuxième trimestre, des exposés de Bruno. C'étaient quelques semaines avant que n'éclate « l'affaire. »

Bruno aurait été pleinement heureux si Nadège ne lui avait battu froid ; elle ne s'attardait plus, le soir, dans la salle des professeurs, ni ne grimpait les escaliers de la rue Marivaux. Il confia son désarroi à Éric Dupinot (« votre conseiller en vie pourrie »). Pour ce dernier, la morgue de Nadège n'avait pas d'autre motif qu'une déception amoureuse. À deux reprises, ses avances n'avaient rencontré que l'indifférence : d'abord, Bruno ne lui avait pas proposé de dormir chez lui quand elle cherchait un refuge ; ensuite, il était demeuré impassible lorsqu'elle s'était mise à demi nue. Bruno protesta : « Mais elle portait un soutien-gorge, elle n'était pas nue ! Et en plus, elle a un copain ! » Ces arguments ne trompèrent pas Dupinot, fin connaisseur de l'âme féminine : « À mon avis, une femme ne retire pas sa chemise, quand elle se trouve seule avec un homme, même s'il fait chaud… » Bruno soutint quelques minutes la validité de la thèse calorifère, puis abdiqua.

Il avait cru se comporter en gentleman en ne fixant pas les mamelons de Nadège, alors qu'aux yeux d'icelle, il se conduisait en goujat. Néanmoins, elle était restée une dizaine de minutes ainsi dévêtue, avant de remettre sa chemise et de quitter l'appartement.

Si dorénavant le retrait de Nadège n'avait plus rien de mystérieux, Bruno n'en continuait pas moins de vivre dans le brouillard : les premières nuées dissipées, d'autres paraissaient, plus intimes ; derrière le brouillard, le brouillard. Devait-il s'excuser ? Tenter de l'amadouer ? Passer à autre chose ? Il aurait surtout aimé reprendre, comme avant, les travaux et les discussions pédagogiques : pourquoi fallait-il toujours que les sentiments vinssent troubler le ciel des idées ?

Il remplaça Nadège par une collègue d'anglais, Colette Pelletier, une grosse dame, en âge d'être à la retraite, et qui repoussait sans cesse son départ par passion pédagogique et par amour des adolescents (et plus secrètement, par peur de l'ennui). Il ne pensait pas qu'elle lui dévoilerait, un jour, sa poitrine éléphantesque, après avoir ôté les sangles qui en maintenaient le débordement. Elle ne risquait pas non plus d'attiser la jalousie de Nadège ; sa fréquentation ne lui prêterait pas une réputation de donjuanisme : c'était la femme idoine en attendant que Nadège revînt à de meilleurs sentiments. Car il en était sûr, maintenant, elle serait la mère de ses enfants. Il en avait eu la foudroyante révélation, lors d'une sortie scolaire au théâtre, quand il la vit entourée d'élèves, distribuant à chacun un questionnaire, de façon qu'ils ne prissent pas, bêtement, du plaisir à *La cantatrice chauve*. En outre, la silhouette de Nadège en soutien-gorge s'invitait dans son imagination plus souvent qu'à son tour ; parfois même, il bandait. Et là-dessus Dupinot était formel : l'amour n'a pas d'autres critères. Il riait des divagations de Bruno, prétendant qu'on pouvait aimer une femme pour d'autres motifs comme sa vélocité à corriger des copies ou bien la perfection de ses séquences. « Quel romantique ! » soupirait Dupinot.

En attendant, on le voyait en la compagnie de Colette Pelletier, d'un format aussi large que le sien était long. Si passionnée qu'elle fût, Colette n'en éprouvait pas moins, au soir de sa carrière, l'amertume des incompris. Elle confiait à Bruno, en qui elle voyait son *successeur*, les raisons de son aigreur. La plupart des professeurs restaient, toute leur vie, des amateurs, des bricoleurs de la transmission, alors que des méthodes scientifiques avaient été mises au point, mais « les profs, ces bidouilleurs, s'en détournaient, préférant cuisiner de vieilles recettes, sans s'écarter d'un millimètre de la routine ». Au fond, pour Colette, et pour la citer sans la trahir, les profs étaient « des petits-bourgeois, engoncés dans le confort ». Combien de fois avait-elle essayé de convaincre un professeur d'anglais ou de français de construire un projet innovant ou bien d'écrire, avec elle, un article sur l'interdisciplinarité ! Hélas, à chaque invitation, le collègue hésitait, se tâtait, puis finissait par s'échapper. Bruno était la consolation de sa carrière : tout n'était pas perdu, la nouvelle génération comptait en son sein des esprits audacieux, fougueux, prêts à secouer le cocotier de l'Éducation nationale : que de belles noix à récolter ! « Je ne verrai pas cet âge d'or, il est trop tard... Mais toi, Bruno, tu le contempleras... De vrais cours "en îlots", de splendides séances où l'élève, aidé de professeurs de toutes les disciplines, découvrira la caverne d'Ali Baba ! » Alors elle baissait la tête, par pudeur. Bruno, un soir, la regarda quitter le lycée, dans le soleil couchant, d'un pas lent et mélancolique. Elle ressemblait, songea-t-il, à Ophélia, la bien-aimée du prince Hamlet (ils avaient construit ensemble, la veille, une « séquence ludique sur les chemins de la tragédie ») ; il s'inquiéta un instant : et si elle allait se jeter dans l'onde calme et noire de la Sèvre nantaise, flottant comme un grand lys, avant de couler comme une pierre (car Bruno n'imaginait pas que sa ventripotente collègue pût voguer très longtemps) ? Le lendemain, heureusement, elle était au lycée, pleine d'énergie, pas Ophélia pour deux sous, très Colette Pelletier.

S'il se plaisait à converser avec Colette, Bruno n'en éprouvait pas une joie aussi pleine qu'au temps, encore proche, où Nadège et lui s'attardaient dans la salle des profs, bataillant l'un avec l'autre dans une saine émulation. Il manquait un *je ne sais quoi et un presque rien* que Bruno n'aurait su définir. Dupinot, lui, avait une explication plus *palpable* pour expliquer la perplexité de son ami. Giboire refusait de se rendre à ses raisons et contestait les sous-entendus de son ami : « La mère Pelletier, comme tu dis impoliment, est peut-être grosse, mais elle est brillante et consciencieuse ! » Et pour lui clouer le bec, il ajoutait : « Elle a failli devenir inspectrice de l'Éducation nationale… Elle a même été, pendant une année complète, aide-inspectrice ! » Mais Dupinot et Giboire, pour amis qu'ils fussent, ne vivaient pas dans le même monde : ce qui était un mérite pour l'un ne représentait rien pour l'autre.

4

Outrepassé le premier trimestre, avec ses découvertes (les nouveaux élèves, un emploi du temps inédit, quelques illusions sur le tout), l'année scolaire, contre toute attente, se poursuit. Les premiers frimas de décembre couplés aux guirlandes de Noël dessinent le décor idéal d'un dénouement : le conseil de classe. On s'est connus, on a travaillé, on a progressé : on dresse un bilan. Mais, à peine envoyés les bulletins, les professeurs et les élèves reprennent leurs places habituelles dans la comédie scolaire. La vacance de Noël, d'une quinzaine de jours, ne mettra pas davantage fin aux hostilités pédagogiques. Il y aura une autre fausse conclusion au deuxième trimestre ; et il faudra attendre l'ultime conseil de classe, en juin, pour que se dissolvent ces ensembles éphémères qu'on appelle des classes, jusqu'à la rentrée scolaire suivante, au mois de septembre, qui nantira les professeurs de combinaisons d'élèves inédites et d'emplois du temps nouveaux. *Eadem sed aliter.*

Cette atmosphère de décembre, Bruno, pour ne pas la ressentir lui-même, la percevait malgré tout à la cantine, dans le propos des collègues, et, pire, dans l'attitude des élèves. « Seraient-ils devenus fous ? On est loin du compte », s'inquiétait-il. Sa précédente expérience dans le monde du travail ne l'avait pas préparé à ces trêves insolites. Même Colette Pelletier, pourtant, donnait des signes de fatigue, renonçant un soir à l'accompagner à une conférence sur « les formes éthiques dans la relation pédagogique ».

S'il n'avait tenu qu'à Bruno, on aurait supprimé les vacances de Noël ou bien, concédait-il, on les aurait rétrécies à la dimension d'une journée. Il soutenait sa théorie, dans la salle des profs, bravant le regard ahuri de collègues qui demandaient si c'était du lard ou du cochon. Colette le mit en garde, discrètement, contre la formulation d'idées « trop en avance sur notre temps ».

Le soir des vacances, un vendredi, il fut le dernier professeur à franchir le portail du lycée. Il traîna dans les couloirs, s'invita dans des classes vides, s'assit sur le fauteuil à côté de la machine à café. Pour la première fois depuis l'été, le spleen battait en brèche son énergie ordinaire. À midi, au cours du repas de Noël, à cause d'un chapeau pointu sur la tête, on s'amusa à le comparer à un clown blanc ; tous les autres collègues, en revanche, ressemblaient à des Augustes, riant, se bâfrant, s'apostrophant à qui mieux mieux et il n'aurait pas fallu trop les pousser pour qu'ils s'assemblassent en une chenille dansante, chantonnant joyeusement l'air de La Bande à Basile. À ce moment-là, Bruno fut à deux doigts de devenir nietzschéen.

Restait le soutien des copies, des traités de pédagogie et l'élaboration de nouveaux cours. Ce n'est pas le travail qui allait lui manquer, mais le plaisir de la transmission, les conversations fiévreuses avec Colette Pelletier, Léo Belin, Florence Boulard, Élise Durand ou Claude Pousseur, conversations qui ne musardaient jamais dans les jardins de la littérature, mais se concentraient sur l'essentiel : les cours et les élèves.

Sa valise pleine de cahiers et de devoirs à corriger, Bruno, sur le quai de gare, considérait les familles avec mélancolie : tous ces adolescents qui oubliaient le lycée, le temps d'un séjour dans une autre ville, chez un oncle ou une grand-mère ! Quand un père, doctement, conseilla à sa fille, dans le train, d'en profiter pour apprendre ses leçons, il faillit intervenir pour informer le parent d'élève que « leçon » était un vocable désuet, inusité :

de nos jours, on lui préférait « acquisition des apprentissages », « valorisation des compétences ».

S'il vivait avec Nadège, l'ennui et le vide n'auraient plus de raisons d'être. Il s'imagina, assis à côté d'elle, dans le TGV, en train de discuter d'un article paru dans la *Revue pédagogique*. Sa vie en serait plus savante et plus heureuse. Dans ses rêveries diurnes, ses enfants avaient toujours l'âge d'un lycéen, ou, à l'extrême limite, d'un collégien. Qu'un élève doive d'abord être un bébé le contrariait. Mais Nadège accepterait-elle d'adopter un adolescent, plutôt que de fabriquer, par frottement génital, un futur être humain ? Découragé, il se rappelait le scepticisme de Dupinot au sujet de l'adoption.

Son père, Édouard Giboire, l'attendait à la gare de Rouen. Le réveillon de Noël se déroulerait chez son frère, Modeste Giboire, dans sa vaste demeure en brique rouge, sur les hauteurs de Mont-Saint-Aignan. En attendant, on le conduisit à la maison familiale, où sa mère, Suzanne, avait dressé, pour lui, dans une chambre bien chauffée, un lit aux draps frais et propres, sentant bon la lessive. Sa sœur n'arriverait, avec son mari et ses deux enfants, que le lendemain, pour le réveillon.

« Alors, encore en vacances ? » s'exclama Modeste – le frère d'Édouard – sur un ton mi-indigné, mi-amusé. Bruno, à la surprise de son oncle, confirma, pour s'en plaindre, le constat que sa tante, Élise, et son beau-frère, Jean-Louis, avaient déjà érigé, dans l'après-midi, dès qu'ils le croisèrent dans le couloir de la maison familiale. Le sujet des « vacances des profs bien trop longues » accompagnerait le plateau de fromages, juste avant le dessert et la distribution des cadeaux. Même le cousin Gérard, au chômage depuis trois ans, vivait comme une injustice l'oisiveté des professeurs ; quant à Gaëtan Giboire, directeur financier chez Cassegrain (au chiffre d'affaires florissant), il n'était pas loin de compter le monde enseignant comme un département de l'inactivité parasitaire responsable du déficit budgétaire de la France.

Si Bruno, en bon et vrai Giboire, partageait avec les siens le culte de l'efficacité, il se séparait de la *weltanschauung* familiale par la place qu'il accordait à l'enseignement dans le prestige de la Nation : sans transmission des savoirs, pérora-t-il, le monde s'écroulerait. Le cousin Gaëtan en devint rouge d'indignation : « Sans les entreprises, pas de richesse et, sans richesse, qui paierait les profs ! Putain, ça fait chier d'entendre ça ! » Jean-Louis et Gérard s'interposèrent entre les deux autres Giboire (Bruno et Gaëtan) qui, nonobstant Noël et son esprit de paix et d'allégresse, étaient prêts à se casser la gueule. Mélanie (la sœur de Bruno) et Sylvie (l'épouse de Gérard) en conclurent qu'elles avaient eu raison de ne pas acheter l'armée de Playmobil que leurs petits garçons avaient commandée au Père Noël : « Si l'on n'habituait pas dès l'enfance les garçons à jouer avec des mitraillettes en plastique, il n'y aurait plus de guerre, plus de bagarres. » Suzanne, *in petto*, se dit que sa fille avait l'étoffe d'une philosophe, à tout le moins d'une spécialiste des questions sociétales.

On détourna le thème *clivant* des vacances professorales grâce à une catastrophe qui occupait tous les journaux télévisés : un camion avait fauché, à Saint-Georges-d'Oléron, un groupe de touristes allemands, au sortir d'une boulangerie. On décomptait sept victimes. Or la famille Giboire, au complet (cousins compris), passait régulièrement le mois d'août à l'île d'Oléron. Dès le journal de 20 heures, toute la famille avait délaissé la cuisson des langoustines et l'ouverture des douzaines d'huîtres pour suivre le reportage en direct, diffusé depuis le lieu de la tragédie. On s'amusait à reconnaître la charcuterie, le fleuriste, les nouveaux lampadaires sur la place de l'église. Quand Rémi Boussard, le patron de la pizzeria où les Giboire avaient leur rond de serviette, prit la parole, avec un air de chien battu, tout le monde éclata de rire et frappa dans ses mains, de sorte qu'aucun Giboire ne l'entendit exprimer sa douleur : « Un traumatisme pour Saint-Georges, et, au-delà de Saint-Georges, pour la France tout entière. »

L'apparition du pizzaïolo alimenta opportunément le reste des conversations ; on se rappela les blagues de Boussard, « pas toujours très fines » (selon Mélanie), on commenta le jour où il avait montré ses fesses, pour honorer un pari perdu. Quel gaillard ! Quel bon vivant ! Quel marrant ! Sa consécration médiatique n'était que justice, quand bien même les circonstances en étaient malheureuses.

Une semaine plus tard, on remit le couvert pour la Saint-Sylvestre. Cette fois, l'organisation des agapes incombait à Jean-Louis Rousseau, un ancien collègue de la mairie d'Orvault. Alors qu'il saluait Anne-Cécile, l'épouse de Pierre, occupée à préparer le repas, Bruno reconnut ses vieilles copines, les langoustines, qui cuisaient dans la casserole, à côté du plateau d'huîtres. À mesure qu'ils arrivaient, les invités (une dizaine), l'un après l'autre, commentaient, avec ironie, les vacances de Bruno : « Alors, pas trop fatigué avec tout ce temps libre ? », « c'est pas trop dur de ne rien faire ? », « tu reviens des Bahamas ? ».

À minuit, tout le monde s'embrassa pour fêter la nouvelle année. Certains paraissaient même sincèrement réjouis par l'événement, ils chantaient, sautaient en l'air, riaient aux larmes.

Pour Hegel, ce n'est que par la médiation du travail que l'homme affirme son être propre. Et pourtant, Hegel ne connaissait pas Bruno ! Dès le 2 janvier, la veille de la reprise des cours, Bruno frémissait d'impatience, comme un cheval dans son box. Si la correction des copies et la lecture de Meirieu l'avaient aidé à traverser le vide des fêtes de Noël, toutes ces préparations ne prenaient leur sens que devant trente-cinq élèves dûment mis en activité selon les préceptes ministériels.

Il en avait oublié Nadège : quinze jours avaient suffi pour que disparaisse de sa conscience l'image érotique de sa collègue, à demi nue, espérant de lui un baiser, une caresse, un coït.

Ce fut pourtant Nadège qui l'aborda, dans la salle des professeurs, au milieu d'un tintamarre que Bruno jugea contraire au recueillement et à l'étude. Ses cours ne reprenaient qu'à la première heure de l'après-midi, mais il n'avait pas eu la patience d'attendre si longtemps ; dès dix heures, à la pause, il avait franchi le seuil du lycée. Et, visiblement, ça bardait ! Pousseur, debout, tentait de convaincre Élise Durand, assise dans un fauteuil ; Léo Belin ponctuait ses harangues d'amples mouvements de bras ; et, dans un coin, Colette Pelletier boudait, avec un air pas commode de chef sioux taiseux.

« T'es pas au courant ? interrogea Nadège, tu ne sais pas encore ? » Bruno admit qu'il ne comprenait rien à toute cette agitation. Il se retint d'ajouter que ce bazar l'indisposait et le surprenait en mal. La cohue était telle qu'aucun prof ne pensait à souhaiter une « bonne année » à ses collègues. « Eh bien, continua Nadège, je vais te raconter : lors du dernier conseil d'administration, on a voté la vente d'une statue khmère, de façon à financer l'achat d'ordinateurs, de vidéoprojecteurs et, surtout, d'un atelier, avec affiches, bibliothèques numériques et installations d'artistes, un atelier pédagogique, donc, mais aussi citoyen, consacré aux luttes contre toutes les discriminations : sociales, sexistes, racistes et numériques.

— C'est une bonne idée !

— Oui, sauf que Pierre Renoir et toute sa clique de réacs ont décidé de s'opposer à cette vente, au motif que la statuette aurait une valeur artistique inestimable.

— Ah, si c'est une véritable œuvre d'art, on peut comprendre que le lycée la garde pour lui.

— Eh bien, voilà, tu parles comme eux maintenant ! Tu ne vas quand même rallier des thèses réactionnaires.

— Bah non… »

En réalité, Bruno ne s'était jamais vraiment intéressé à l'art, et encore moins à l'art khmer. Il se souvint d'une exposition, organisée par lui à Orvault, qui n'avait attiré que cinquante-six personnes. Un flop mémorable. Si, après tout, en vendant (à qui ?) cette statuette, on finançait, par la suite, un atelier citoyen, il n'y voyait pas d'inconvénient. Et, en réfléchissant une minute supplémentaire, il se dit qu'il profiterait, lui, pédagogiquement, de cet atelier.

Par petits morceaux, en écoutant les uns et les autres, Bruno reconstitua la fresque de la controverse comme un puzzle dont le thème apparaît par degré, à mesure que les vides se remplissent. Le discours se déclinait, en gros, selon trois positions qui, à chaque fois, se présentaient comme l'incarnation du Bien. Passons sur les Neutres par indifférence ou par volonté de ne blesser personne – nébuleuse qui agaçait tous les autres, subodorant que la neutralité était une façon de n'être pas avec soi, plutôt que de n'être pas avec l'autre. Ne nous attardons pas sur les plaidoyers en faveur de la vente : Nadège Barreau a dit l'essentiel. Que valait une statuette orientale du XIe siècle, agrémentant, derrière une vitre de plexiglas, le bureau du proviseur, si on la rapportait à l'aune d'un atelier, cette force de combat contre tous les obscurantismes ? Un atelier où des élèves apprendraient la vie citoyenne, le respect de l'Autre ? Où l'on viendrait en aide, *concrètemen*t, à ceux qui souffrent, en France et partout dans le monde ? On renoncerait à la beauté de l'engagement pour une statuette que personne ne regardait, pas même le proviseur, à l'origine de cette belle idée ? Jenny Bigot, malgré ses visites fréquentes dans le bureau du chef d'établissement, ne conservait aucun souvenir de la fameuse statuette ! Elle se rappelait bien une grande photo, en noir et blanc, sous verre, où l'on voyait André Malraux à côté d'un petit homme à barbichette, dont on l'avait informée qu'il était le premier proviseur du lycée. Ce devait être le jour de l'inauguration officielle de l'établissement. « De toute façon, ajouta Jenny, le peu que j'ai lu de Malraux, j'ai trouvé ça super chiant… »

Le discours contre la vente rassemblait moins de divisions. Leurs adversaires, Nadège en tête, les réduisaient à un mélange répugnant de « fachos, d'alcoolos et de crétins ». Cependant, eux-mêmes ne se désignaient pas de la même façon. Bruno apprit de la bouche de Pierre Renoir la suite de l'histoire khmère : « La statuette représente une apsara, une danseuse céleste de la religion hindouiste. Plus précisément, notre statuette serait Menaka, une des plus belles danseuses, envoyée, dit la légende, par Indra, dans le dessein d'importuner la méditation d'un sage hindou. En la voyant nue, le sage, dont j'ai oublié le nom, perdit son sang-froid et s'accoupla avec la belle danseuse… À ce propos, notre apsara ne risque pas de briser la méditation spirituelle de Dandonneau, dont les seules pensées consistent à plaire à ses supérieurs, et gravir les échelons hiérarchiques…

— Ah bon ?

— Oui… Mais revenons à Menaka. C'est l'une des rares statuettes que Malraux fut autorisé à rapporter en France, en 1924, après son procès.

— Son procès ?

— Le jeune Malraux, avec son épouse Clara, entreprit un périple jusqu'en Indochine, de façon à voler des statues dans des temples abandonnés pour les revendre à de riches collectionneurs et se la couler douce à la faveur de ce trafic illégal. Malheureusement pour lui, il se fit prendre. Il y eut un procès à Phnom-Penh ; il fut condamné à trois ans de prison ferme, bientôt commués en prison avec sursis, grâce à de prestigieux appuis parisiens… Il revint du Cambodge avec trois petites statuettes du temple de Banteay Srey, l'un des plus beaux d'Angkor Vat – de la dentelle de grès rose ! On peut lire le récit rocambolesque de ce vol, puis du don, dans les *Mémoires* de Louis Chevasson, le grand ami de Malraux. Je te les conseille… C'est chez Gallimard ou Denoël, je crois qu'on les trouve chez les bouquinistes.

— J'ai tellement de choses à lire pour préparer mes cours…

— En tout cas, dépêche-toi d'aller dans le bureau de Dandonneau, sous un quelconque prétexte, pour y contempler cette merveille de l'art khmer !

— Au fait, comment est-elle passée des mains du ministre de la Culture au bureau du proviseur ?

— C'est Malraux en personne qui l'offrit au lycée, lors de son inauguration, en 1960. Il en parle dans les *Antimémoires*… il n'y a que quelques lignes… Pour Malraux, c'était une façon de stimuler la rêverie des adolescents, de leur présenter l'un des joyaux de la création humaine. Il écrit, à peu de chose près, qu'un lycée devrait être un lieu dédié à la beauté et à la pensée… En abandonnant cette statue, Malraux se dédouanait aussi de la faute morale contractée pendant sa jeunesse.

— Mais justement, si l'on revendait la statue pour acheter des vidéoprojecteurs et créer un atelier contre les discriminations, le péché de jeunesse de Malraux en serait d'autant plus effacé, non ?

— On ne peut pas mettre sur un même plan un bijou du génie humain avec quelques ordinateurs et une salle d'embrigadement politique !

— Si tu veux, mais il me semble que cette statue, les élèves ne la voient pas beaucoup.

— C'est vrai… Il faudrait lui consacrer une petite salle, la crypte de la chapelle, par exemple, on y conduirait les élèves, une ou deux fois par an… Ce serait comme le trésor du lycée, les élèves auraient le sentiment d'être des privilégiés !

— Pas très démocratique, tout ça… Est-ce que tu penses aux élèves des autres lycées, qui n'auraient pas accès à la statue cambodgienne ? »

À la fin du lundi 3 janvier, deux camps, distincts, s'affrontaient, selon un recrutement qui, pour l'essentiel, ne connaîtrait que de marginales variations, en fonction de l'inconstance du troisième camp, celui des Neutres (que Colette, fort inspirée, avait baptisé « le camp des Pleutres »).

Pour Bruno, le choix n'avait pas été difficile. Par inclination et par sens du Devoir : ses amis, Colette, Claude, Jenny, Élise ou Nadège avaient déjà embrassé la position du proviseur, Bruno ne se voyait pas trahir la cause de l'amitié. Et puis la Loi Morale l'obligeait à prendre le parti de la pédagogie, à lutter contre les discriminations. En rentrant chez lui, dans le tramway qui longeait la Loire, en face des anciens chantiers Dubigeon, il tenait, pensait-il, son Combat, sa Princesse de Clèves.

L'Histoire, enfin, s'invitait dans sa vie. Sans elle, pas de héros. Et sans héros, c'est pas drôle. Bruno désespérait de rencontrer de *vrais* salauds, maintenant, c'était fait, il allait pouvoir donner toute sa mesure. Il n'avait jamais douté que derrière des conduites en apparence impeccables se dissimulaient, parfois, des êtres vils et crapuleux ; mais le diable n'a pas de pieds fourchus ni de trident, encore moins de cornes au front. Et c'était même l'une de leur pire saloperie, à tous ces salopards, que de ne rien faire de mal, et, ce faisant, d'empêcher les bons et les héros de déployer tout l'héroïsme qui était en eux. La bassesse n'avait pas de limites !

Deux petits inconvénients, sans gravité – « mais quand même » – gâtaient le plaisir de Bruno (et de ses glorieux amis) : la résistance eût été tellement plus belle si le proviseur et l'équipe administrative avaient choisi le camp adverse ; d'autant que la presse, le rectorat, le ministère et l'opinion publique penchèrent très vite, et en majorité, en faveur de la vente.

Second inconvénient : le caractère commercial de l'affaire n'allait pas sans embarrasser des gens plus habitués à fustiger le fric qu'à s'en faire les généreux promoteurs. Mais, comme le rappela Claude Pousseur, c'était « pour la bonne cause. » Sans scrupule sur ce point, le syndicaliste Didier Merluche, en AG, convoqua la « Révolution n'est pas un dîner de gala » de Mao. Michel Munoz tempéra l'enthousiasme en suggérant que le Grand Timonier avait des millions de morts sur la conscience ; Colette, péremptoire, répliqua : « Oh, je t'en prie, ce n'est pas le moment ! Ne mélange pas tout ! »

Dans l'ensemble, l'affaire se présentait plutôt bien. On prévoyait des grèves, des pétitions, des coups de gueule, des manifestations, des articles vengeurs, des passages à la radio, des cercueils en carton, des banderoles, des insultes, des sit-in, des slogans, des poings levés, des chansons, des « Tous Ensemble », des Assemblées Générales, des haut-parleurs, des « Un pas en avant, un pas en arrière », des tracts, des blocages de l'établissement, des applaudissements, des discours, des frissons ; bref, les héros allaient bien s'amuser. Élise Durand qui, en début d'année, avait prévu de prendre part à une grève en hiver, se félicitait qu'on lui en offrît une d'un tel niveau. D'autres professeurs ne participaient, d'habitude, qu'à la grève de septembre ; ce nouveau combat ne les arrangeait pas, ils pinaillaient, chipotaient, ils avaient déjà abandonné une partie de leur salaire à la rentrée, « il faudrait voir », se plaignaient-il, « à échelonner les combats, à les *ventiler* avec discernement ».

5

Le conseil d'administration de janvier ne tarda pas à être pris dans le tourbillon de l'affaire : ses membres annulaient tous les projets de voyage, hors les Pays de la Loire. Dès que le budget dépassait cent euros, les délégués des parents d'élèves s'y opposaient, arguant qu'il était discriminatoire envers les familles les plus pauvres : puisque certains élèves seraient exclus de la « fête », plus personne n'avait le droit de séjourner en Angleterre ni en Italie, ni même d'aller visiter le musée du Louvre. « Bien sûr, commenta habilement Jean-Louis Dandonneau, si la statuette khmère était vendue au MET, ce que j'espère, nous pourrions allouer une partie de la somme pour financer les voyages et aider les familles en difficulté. » Même Didier Merluche approuva le discours du proviseur. Brigitte Delannoy, quand elle apprit que le syndicaliste, son grand défenseur, s'était institué le héraut de l'annulation des voyages, y compris, donc, de son projet martiniquais, en perdit l'usage de la parole, comme si un nœud entremêlant les discours contradictoires de Merluche avait garrotté, dans son cerveau, les fonctions locutoires.

Sans trop le dire, si ce n'est sous le mode de la plaisanterie, Bruno accueillit avec soulagement l'ajournement du voyage aux États-Unis (annoncé imprudemment à la prérentrée). D'abord,

Nadège s'était retirée du projet, ce qui lui ôtait de son attrait ; mais Bruno avait surtout la trouille de prendre l'avion : à chaque vol au-dessus des nuages, il vomissait dans le cornet de papier fourni par la compagnie d'aviation, sous l'œil narquois et désabusé des hôtesses de l'air.

Les partisans de la vente utilisèrent, sans scrupule, le vote du CA pour salir moralement leurs adversaires : ces traîtres préféraient leur confort d'esthètes décadents à l'enrichissement culturel des élèves ! Ils n'avaient pas de cœur ! Didier Merluche n'y alla pas par quatre chemins : « Conserver cette statuette, c'est faire le jeu de la droite et de l'extrême droite ! » Et d'ailleurs, qui était-il, ce Malraux ? Un ministre du général de Gaulle ! Or de Gaulle, ce n'était pas seulement l'Homme du 18 juin, c'était le militaire séditieux à l'origine de la Ve République, dont Merluche ne cessait de fustiger le caractère autoritaire ! Pour preuve, quelques années plus tôt, lorsqu'un ministère de l'Éducation, sous un président de droite, avait mis au programme les *Mémoires* du Général, tous les professeurs de français avaient protesté au nom de la littérature ! On avait maugréé et pétitionné, et menacé de ne pas assurer les cours. Le ministre de l'Éducation avait alors averti que *tous* les professeurs étaient dans l'obligation d'étudier l'œuvre de de Gaulle, sous peine de perdre le tiers de leur salaire. L'argument porta un coup fatal à la protestation. Les rebelles rentrèrent dans le rang, vexés et humiliés ; jamais ils n'oublieraient cet affront. La plupart truffèrent leur cours d'allusions à la résistance communiste ou décryptèrent, par le menu, les mensonges du Général. Au cours de rencontres et de stages pédagogiques, chacun y allait de son acte de sabotage ; se créa ainsi une communauté de joyeux lurons se refilant, en cachette, des « trucs » pour saboter l'étude d'un texte « ni fait ni à faire ». On n'hésitait pas à montrer le *Guernica* de Picasso ou à diffuser *Land and Freedom* de Ken Loach ; Clause Pousseur, lui, projeta, comme un pied de nez à l'institution, *Nuit et Brouillard* de Resnais. La Résistance n'avait pas cédé. Pas complètement.

Les plus anciens du lycée se souvinrent qu'au début des années 80, un groupe de professeurs avait proposé de débaptiser le lycée André Malraux. Un sondage informel auprès des profs et des élèves désigna, dans l'ordre, trois autres noms : Che Guevara, Paul Éluard et Léo Ferré. L'administration rejeta, sans explication, les suggestions qu'on lui fit.

Jenny Bigot, dans la salle des profs, confia sa honte et sa confusion chaque fois qu'elle devait avouer, en famille ou avec des amis, qu'elle enseignait au lycée André Malraux : « On ne se rend pas compte du mal causé par un simple nom… Ce serait tellement plus beau d'être prof au lycée Nelson Mandela ou au lycée Stéphane Hessel ! Comment peut-on prétendre parler de littérature ou de justice sociale quand on se place sous l'autorité d'un pilleur de tombeaux et d'un ministre de droite ! » Il n'y avait rien à ajouter ; presque tout le monde opinait du chef. Certains, néanmoins, soutinrent que ce n'était pas si grave, qu'ils réussissaient à oublier « l'écrivain nauséabond » incarnant l'établissement. « Ouais, bah, j'ai pas ta capacité d'oubli, *moi* ! » répliqua Jenny, furibonde, à l'un de ces déplorables amnésiques.

Le professeur d'économie, Patrick Prévost, une sorte de conscience morale du lycée, afficha, sur l'un des panneaux syndicaux, un paragraphe extrait de *La distinction* de Bourdieu où le sociologue se moquait des *Voix du silence* de Malraux, accusé d'envelopper « d'un bric-à-brac métaphysique à la Spengler une culture de bric et de broc » ; plus bas, Bourdieu comparait l'écrivain au Facteur Cheval, puis énumérait les tares du romancier petit-bourgeois : « L'arrogance, la suffisance, l'insolence. » C'est peu dire que la diatribe de Bourdieu rencontra son lectorat : elle devint le bréviaire des « anti-Menaka » (comme ils s'appelaient entre eux). On l'étudia en cours d'économie, d'histoire, de français, d'arts plastiques et d'éducation physique. Plusieurs élèves découvrirent en cette occurrence que Malraux, contrairement à ce qu'ils croyaient, n'était pas le président et créateur du Football Club de Nantes, mais un essayiste bas de gamme. La déception fut grande.

La salle des professeurs n'était pas la seule à bruire de *l'affaire* : les couloirs du lycée, la cafétéria, le CDI et les vestiaires du gymnase ne parlaient que de ça. Colette Pelletier avait convaincu ses collègues (qui ne demandaient qu'à l'être) de l'importance d'exposer, objectivement, aux élèves l'événement qui secouait le lycée. Continuer d'enseigner sans se préoccuper de « politique », c'était adopter une attitude indigne et coupable : il fallait, disait-elle, se montrer « artistico-responsable ». « Ce sont les mêmes, s'énervait la grosse Colette, qui, sous l'Occupation, auraient détourné pudiquement le regard quand les nazis arrêtaient des enfants juifs ! »

Le débat tourna autour d'une seule question : devait-on ou non présenter en cours les arguments du camp adverse, les arguments en faveur de la conservation de la statue ? Claude Pousseur et Colette Pelletier plaidaient pour le silence : « Il ne manquerait plus que ça, glousa la grosse Colette, il faudrait qu'on fasse le lit de la Réaction !... Elle est bien bonne, celle-là ! Alors, toi, en 1940, tu aurais développé, benoîtement, les arguments des nazis ? » Bruno admirait la pugnacité de sa collègue : il ne s'était pas trompé en l'élisant pour amie ! Néanmoins, Florence Boulard soutenait que la conscience citoyenne des élèves serait renforcée par la *mise en opposition* des argumentaires : la faiblesse criante de la thèse pro-Menaka éclaterait au grand jour, c'est bien simple, même un enfant de cinq ans ne pourrait accorder du crédit à une position qui faisait fi de son propre épanouissement ! Bruno apprécia la répartie de sa collègue, il voyait déjà des tableaux à remplir et des tables tête-bêche facilitant le travail en îlot. Il songea à gagner l'amitié de Florence Boulard.

La discorde épistémologique ébranla la cohésion des révoltés, sans toutefois remettre en cause le sens du combat. Chacun entreprit de conscientiser les élèves selon la manière qu'il estimait la meilleure. Et chacun se félicita d'avoir fait, après coup, le bon choix.

Les élèves, avant même qu'on leur expose le dilemme, attirés par l'odeur de la grève, se sentaient d'humeur vengeresse, prêts à bondir sur le moindre prétexte pour parader dans les rues de Nantes, le poing levé, auréolés de banderoles et de revendications. Quelques-uns avaient déjà essayé de lancer un mouvement en octobre pour protester contre l'achat de livres de poche, « l'école étant gratuite ». Les plus révoltés avaient déserté les cours. Le proviseur les avait reçus dans son bureau : certes, il comprenait leurs doléances et ne manquerait pas de convoquer, séance tenante, les professeurs incriminés. En attendant, on aiderait, en piochant dans le fonds lycéen, les familles désargentées. Les trois meneurs eurent beaucoup de mal à calmer l'ardeur des grévistes, mais il fallut bien se résoudre à la triste nouvelle : ils avaient obtenu gain de cause, la lutte n'avait plus d'objet.

Cette fois, la majorité des professeurs les incitaient à se mobiliser : ils allaient pouvoir compter sur eux ! On allait voir de quel bois se chauffaient les élèves du lycée André Malraux ! Un leader, bientôt, sortit des rangs : Arthur Roquet, un grand de terminale, toujours vêtu d'une veste kaki, d'un jean troué et de Doc Martens. Il avait lu plusieurs citations de Marx et son frère, naguère, avait lancé des pierres contre les CRS, à Notre-Dame-des-Landes : on se battait, chez les garçons, pour approcher Arthur Roquet, lui parler, l'écouter ; être vu en sa compagnie, pour un élève de seconde, équivalait à un gain de deux ans en maturité aux yeux des filles du lycée. C'est dire si le deal était valable.

Bruno manquait de superlatifs apologétiques pour décrire la mobilisation des élèves, et, d'une manière générale, l'ensemble des professeurs célébrait le sens des responsabilités de jeunes gens que d'aucuns, trop pessimistes, avaient cru indifférents aux enjeux du monde moderne. Claude Pousseur, lui, n'avait jamais douté de leur conscience politique : « Tu comprends, expliqua-t-il à Bruno, tout le travail en amont pour les sensibiliser aux injustices, tous nos cours sur l'ouverture à l'Autre, sur le devoir de construire des ponts qui relient les hommes entre eux, plutôt que des murs, tout cela finit par payer ! Ils sont pas bêtes, les gamins, ils saisissent bien le sens de notre combat… Tiens, ta séquence sur *Matin Brun*, je suis sûr que grâce à elle certains se jettent à corps perdu dans la lutte !

— Ce qui me fait chaud au cœur, continua Bruno, c'est de voir l'union des profs et des ados, ça donne confiance en l'avenir, en l'humanité…

— Ne le dis à personne, mais quand j'ai aperçu, hier, Colette, assise sur une table, face à un parterre d'élèves qui, tous, absolument tous, arboraient un visage grave, eh bien figure-toi que j'en ai eu les larmes aux yeux…

— Je comprends… Moi aussi, cette mobilisation des collègues, ça me fout des frissons ! Au moins les trois quarts du bahut n'ont pas hésité à bousculer le programme pour mettre en place des activités de réflexion au sujet de la statuette, pour expliquer aux gamins l'intérêt, pour eux et pour leurs petits frères, de la vente ! Vraiment, je dis, chapeau ! »

La vie intime et personnelle de Bruno passait bien après l'engagement politique ; le combat en faveur de la Justice déclassait même la littérature : tous ses cours, depuis la reprise, envisageaient, sous un aspect ou un autre, la nécessité de vendre Menaka. Il abandonna, sans regret, une séquence sur *Un cœur simple* : cette pauvre servante, résignée à sa vie médiocre, sans autre secours qu'une sotte religiosité, n'avait rien à dire à des gamins d'aujourd'hui. Il y avait vraiment trop de pessimisme et de noirceur chez Flaubert, mais aussi chez la plupart des écrivains sinistres dont on imposait l'absurde étude à des cœurs purs et candides. À leur âge, les ados avaient envie de croire au bonheur, à l'amour, à la pédagogie ! Et on leur faisait bouffer du Baudelaire, du Mauriac ou du Pascal ! Bruno en eut un haut-le-cœur ; puis il se dit qu'en ce choix pervers *s'originait* (oui, il pensait avec ce genre de verbe) le cours perturbé de l'humanité. Pourquoi n'existait-il pas davantage de *Matin Brun* ?

Ne pas penser qu'à soi, par bonheur, rapproche les êtres qui ne pensent pas qu'à eux. Depuis deux semaines qu'il se donnait corps et âme à la Cause, Bruno avait la chance de converser avec Nadège : en délaissant leur ego pour s'immerger dans la générosité, l'un et l'autre partageaient une expérience qui les soudait à nouveau. Oh, Nadège n'avait pas encore monté l'escalier de la rue Marivaux, ni Bruno osé le lui demander, néanmoins, l'idée n'était plus à exclure. C'est pourquoi il fut ébahi et attristé lorsqu'à la cantine elle renonça à s'asseoir en face de lui, préférant une autre table pour y déposer son plateau-repas. « Allons bon, songea-t-il, qu'est-ce que j'ai fait encore ? »

La réponse ne tomba qu'à 18 heures, de la bouche de Pousseur : plusieurs des élèves de la première S (Bruno était le professeur de français de cette classe) avaient rejoint le camp adverse, celui qui préférait qu'on conserve Menaka plutôt que d'ouvrir un Atelier citoyen ! « Et en quoi, cela me concerne ? » interrogea Bruno. « Eh bien, certains prétendent que tu joues un double jeu, qu'à tout le moins tu ne te dépenses pas beaucoup pour convaincre tes élèves de prendre le bon parti… » Bruno s'accrocha à la table pour ne pas tomber, avant de poser ses fesses sur une chaise, jambes droites, dos incliné, bras ballants. Que des camarades de lutte, des compagnons, des *frères* se répandissent en calomnies sur son compte le brisa comme un gâteau sec, coupé en plein milieu. Il s'en fallut de peu qu'il connût le sort de Brigitte Delannoy : ne plus réussir à parler. Il répéta plusieurs fois, le regard vague : « Il n'y a pas de mots… Il n'y a pas de mots… »

Jusqu'à présent, seul André Masson, le professeur de philosophie, militait clairement pour sauver l'apsara de la corruption commerciale ; même Pierre Renoir refusait d'embrigader les élèves à cette cause, estimant qu'il n'avait pas à imposer ses idées à de jeunes consciences. On se doutait bien, au sein des anti-Menaka, que certains collègues profitaient de leur position pour manipuler les élèves, mais aucun nom n'avait encore été avancé.

Une trentaine d'élèves de terminale (sur les huit cents du lycée) allaient à contre-courant du flot majoritaire ; on les voyait, parfois, à la suite des cours, discuter dans la classe de Masson. Un mardi, une dizaine d'élèves cagoulés, guidés par Roquet, ouvrirent la porte et balancèrent des œufs pourris sur les traîtres. Masson porta plainte auprès de Dandonneau, plainte rejetée par le proviseur, l'assaut ayant eu lieu alors que la salle était indûment occupée, après les heures de cours.

Jenny Bigot était révoltée que des adultes comme Masson enrégimentassent de pauvres ados, à la conscience politique forcément balbutiante : « C'est une ignoble manipulation ! C'est lamentable ! il n'y a pas d'autres explications à cette dérive nauséabonde ! », ce que contesta Colette Pelletier : « Il ne faut pas croire, Jenny, certains de nos élèves ne sont pas autre chose que des petits-bourgeois frileux, incapables de générosité, complètement sclérosés ! Ils vivent dans la soie et le velours, avec des parents pleins de fric. Y'a pas à les manipuler, ce sont des crapules, de petites crapules en herbe ! Les salauds qui gagnent du pognon sur le dos des travailleurs, tu crois qu'ils apparaissent comme ça, comme une génération spontanée ? Eh bien non ! Ils sont en germe dans nos classes, et ils se foutent pas mal des ateliers citoyens !

— Mieux, renchérit Pousseur, ils n'en veulent pas, de notre atelier, pour la raison qu'ils comprennent le danger ! Si les jeunes sont politisés, conscients des discriminations raciales et sexistes, le système tremble sur ses bases et adieu privilèges, vacances aux Seychelles, parties de golf chez les amis de Papa ! »

Bruno manqua une journée de cours, étourdi comme si on l'avait passé à tabac. Qu'on l'eût calomnié le bouleversait, mais plus encore le dévastait que certains eussent pu croire à ces ragots. Comment sa chère Nadège pouvait-elle prêter foi à de telles insanités ? Il se promena dans le parc de Procé, les mains dans les poches, sans ressentir le froid qui, en ce mois de janvier, s'était abattu sur l'ouest de la France, sans se préoccuper des congères recouvrant les ramures des conifères, au point que certaines branches frôlaient la terre friable, sans un regard pour l'agonie d'un cygne prisonnier des eaux glacées de l'hiver.

Il n'eut pas la force de téléphoner à Dupinot. Pour la première fois de sa vie, Bruno Giboire était seul, perdu dans son chagrin, privé du réconfort qu'octroie aux Justes la présence invisible de tous les Justes. Au moins le capitaine Dreyfus avait-il été soutenu par une cohorte d'intellectuels et d'artistes, alors que lui affrontait, sans aucun appui, les railleries de l'iniquité !

Il s'attendait à ce qu'on lui tourne le dos et qu'on l'évite comme un animal maudit, un galeux, un pelé, un âne de La Fontaine. Il ferait face, mais l'homme était blessé.

À son retour, le jeudi matin, aucun collègue ne lui présenta le visage renfrogné de la justice outragée, on l'accueillit selon la coutume, entre prévenance et indifférence : « Ça va ? » Claude Pousseur et son bras droit, la grosse Colette, qui, deux jours plus tôt, étaient passés devant lui, le menton haut perché, à la façon d'un ragondin hissant le museau à la surface d'une eau stagnante, Claude et Colette, donc, lui adressèrent la parole comme s'il avait été un être humain, plutôt qu'une saloperie de merde. Pour soulagé qu'il fût, Bruno n'en tanguait pas moins sous l'effet de la stupéfaction. Il ne comprenait plus. Tous les arguments qu'il avait préparés la veille ne lui servaient plus de rien.

La réponse vint de la cantine. Elle lui fut donnée par Didier Merluche en personne : les calomniateurs s'étaient démasqués. Il s'agissait de trois élèves que les cours de Giboire ennuyaient et qui avaient décidé de le diffamer. Leur premier projet avait été de lancer la rumeur d'une histoire d'amour entre Giboire et une de ses élèves, idée qu'ils abandonnèrent dès que le plus taquin (et le plus énervé) d'entre eux, Bastien, eut l'idée géniale de transformer leur professeur en partisan de Menaka.

Les trois élèves regrettèrent leur dénonciation : « Faut pas leur en vouloir, ce sont des gamins… Tu sais, ils t'aiment bien quand même. » Bruno, néanmoins, accusa le coup : trois élèves s'ennuyaient à ses cours !

Bigot, Pousseur, Pelletier, Merluche, Barreau, Durand, Clapier et toute la fine fleur de l'établissement s'empressèrent de rétablir l'honneur de Giboire, en rappelant, à chaque fois qu'ils le croisaient, l'identité des coupables : « Des petits cons qui s'ennuient pendant tes cours. » En fin de journée, il ne restait plus rien du grand Giboire, du Giboire plein d'allant, du Giboire fourmillant d'idées. À la place, on avait un tout petit Giboire.

Certes, on l'avait innocenté, mais le motif de l'agression (l'ennui) le blessait plus que l'agression. Il avait toujours pensé que lui, Bruno Giboire, échapperait à ce reproche : c'étaient les autres professeurs, les vieux profs, qui ne savaient pas s'y prendre ! Ceux qui ronchonnaient, ceux qui ne se renouvelaient pas, ceux qui méprisaient les élèves, ceux qui ne lisaient pas Philippe Meirieu, ceux qui ne favorisaient pas l'autonomie de l'apprenant ; bref, les autres. Cette fois, l'autre se glissait en lui.

La nuit, un cauchemar le tira du sommeil : il assistait, dans un amphithéâtre, à un colloque sur les vraies méthodes d'enseignement ; Nadège à sa droite, Colette à sa gauche. Pour illustrer son propos, le conférencier (qui portait la moustache de Meirieu et les lunettes de Pousseur) projeta un petit film montrant tout ce qu'un prof ne devait pas faire. Or, ce prof incompétent n'était autre que Bruno Giboire ! À la fin du film, tout l'amphi se tournait en sa direction pour le huer ; Colette s'écriait « Vade retro Satana ! » pendant que Nadège vomissait sur son porte-documents.

Bruno traversait la période la plus noire de sa vie. Dans les romans qu'il lisait avant de s'endormir, des héros affrontaient régulièrement les soupçons et le scepticisme narquois de leurs contemporains. Mais ces héros, au moins, bénéficiaient de l'empathie du lecteur ; et puis le dénouement rétablissait, en général, la vérité, de sorte que les réprouvés, meurtris mais triomphants, se pavanaient dans les dernières phrases de l'histoire, tout fiers d'avoir eu raison avant tout le monde. Dans la vraie vie, malheureusement, nul lecteur ne suivait, d'un œil bienveillant et omniscient, le récit de vos péripéties. Et personne n'assurait à Bruno que son histoire finirait bien. Il n'y avait ni Père ni Dieu pour, à la fin des temps, distribuer les bons points, restaurer les justes à leur place de justes. Si ça se trouve, on garderait de lui l'image d'un prof incapable d'imaginer des cours innovants, un prof distillant l'ennui et la morosité.

Pour laver son honneur, deux scénarios entretenaient l'espoir de jours meilleurs : d'abord, les trois diffamateurs se rétractaient. Au contraire de ce qu'ils avaient prétendu, les cours de Giboire, à leurs yeux, étaient plus passionnants qu'un match de foot ou qu'un rendez-vous amoureux, plus *trop dars* qu'un concert de Nekfeu.

La deuxième solution, moins bucolique, le tentait pourtant davantage : les trois élèves appartenaient à un groupe d'extrême droite, complotant pour abattre la démocratie en ciblant l'élite intellectuelle du pays. Ils étaient démasqués, puis condamnés à vingt ans de prison. Bon prince, Bruno allait tous les mercredis dans le centre pénitentiaire dispenser ses cours aux détenus, qui tous lui en étaient reconnaissants.

En attendant, il chiait des pointes !

6

« Est-ce que je peux passer te voir, chez toi, après les cours ? » : Bruno se hâta d'accepter la proposition de Nadège. L'histoire de sa vie glissait-elle à nouveau sur des rails rectilignes, après d'ineptes soubresauts ? Il courut au Monoprix, rue du Calvaire, pour remplir son buffet de petits gâteaux à la mode ; puis il passa l'aspirateur, épousseta les coussins, étrilla les barreaux de chaise, brossa le rideau et récura l'évier de la cuisine. Sur les conseils de Dupinot, il changea même les draps de son lit, car Dupinot était formel : « Quand une fille s'invite chez toi, c'est dans la poche ! » La perspective de coucheries ne l'enchantait pas, mais s'il fallait en passer par là, eh bien, soit !, Bruno accomplirait son devoir. Après tout, avant le déclenchement de l'affaire, il avait connu quelques érections, ou débuts d'érections, en imaginant les seins de Nadège agrippés sauvagement par son amant en titre. Bander était à la portée du premier venu, il enchaînerait les caresses les unes après les autres, jusqu'au coup de sifflet final.

Il souhaitait surtout qu'on l'absolve du péché d'ennui, péché que rien ne justifiait ; il imaginait Nadège, assise sur le canapé, à côté de la lampe Ikea, le rassurant, lui murmurant que ses cours étaient les plus inventifs, les plus créatifs, les plus riches de l'académie des Pays de la Loire, tout en étant les plus conformes et les plus fidèles à la pensée de Meirieu. Il variait les propositions comme on aime à conjecturer de futurs plaisirs, mais, dans l'ensemble, Nadège, quoi qu'elle dise, le pommadait sacrément, et ça lui faisait sacrément du bien.

Quand on sonna à la porte, à l'heure dite, Bruno sentit son cœur palpiter, comme celui d'un prisonnier qu'on libère de sa geôle, après la révision de son procès.

Derrière Nadège, en plus large et en plus grande, se tenait Colette Pelletier (Bruno pensa aux poupées russes) et, à leurs côtés, un type en pardessus cintré, dont le visage ne lui était pas inconnu. On le présenta comme la septième merveille du monde : un ancien intermittent du spectacle, un comédien, que le rectorat avait contacté pour remplacer Brigitte Delannoy, toujours frappée d'aphasie : Yann Lemoine. À l'évidence, Nadège découvrirait un autre jour son testicule adventice. Qu'importe ! trois collègues chez lui, c'était déjà pas mal. Du moins essaya-t-il de s'en persuader, car l'amertume détrempait son âme : que ne l'avait-elle prévenu de la présence des deux autres zigotos !

Il oublia cependant, au cours de la soirée, l'indélicatesse de Nadège : le remplaçant, candide et exalté, ne cessait de poser des questions. Même Bruno lui semblait un ancien, un homme d'expérience. Pour la première fois, Giboire entrevit la possibilité d'un disciple. Il se plut à sourire des naïvetés de Yann, de son innocence, de sa foi en l'avenir. Il s'en fallut de peu qu'il endosse le rôle du prof sceptique, qui en a vu d'autres. Heureusement, Colette offrait un antidote de poids à la tentation du relativisme. Dès qu'elle ouvrait la bouche, Bruno reprenait, naturellement, le costume du professeur fougueux.

Nadège demeura en retrait, arborant le regard éteint de l'ennui. Mais les trois autres parlaient pour quatre, et même pour dix ; les phrases s'enchevêtraient les unes par-dessus les autres, dans un joyeux foutoir. Yann obtint un franc succès en racontant le cours sur la tragédie racinienne qu'il venait de dispenser (choix que Colette estima trop élitiste) : « J'annonce aux élèves qu'au préalable je vais leur expliquer la différence entre l'aristocratie et la bourgeoisie, que, certes, c'est de l'histoire, mais qu'il faut en passer par là pour concevoir le sens de la tragédie au XVIIe siècle…

— T'aurais dû les amener au CDI, pour un travail de recherche, contesta Colette.

— Ah, oui, je n'y ai pas songé… Quoi qu'il en soit, les élèves ont protesté, en prétextant qu'on n'était pas en histoire-géo.

— Ils n'avaient pas tort, persifla Colette.

— Alors je leur dis : c'est absolument nécessaire. Ils me répondent : “Allez-y, ça nous intéresse pas du tout, mais allez-y.”

— Ils sont sympas, quand même…

— Oui, mais je leur explique que l'histoire est essentielle, qu'elle permet de comprendre le présent, ce qu'est l'être humain… Mieux : l'Histoire distingue l'humanité de l'animalité ! Alors, vous savez ce qu'ils me répondent ?

— Non ?

— Eh bien, ils me disent que les animaux aussi ont une histoire !

— Remarque…

— Je conteste leur affirmation : non, les animaux n'ayant pas d'écriture, ils ne peuvent soustraire le récit de leurs ancêtres à la corruption du temps…

— Quoi ?

— Oui, les animaux ne peuvent garder la mémoire de ce qu'ont fait leurs géniteurs !… un lapin n'a aucun moyen de savoir ce que ses ancêtres lapins vivaient trois cents ans plus tôt.

— L'argument se tient.

— Cela ne les a pas décontenancés, ils m'ont répondu : “Qu'est-ce que vous en savez, ce n'est pas parce qu'on ne les comprend pas qu'ils ne se parlent pas entre eux.” D'autres ont ajouté que les chiens et les chats, au fond, étaient bien plus intelligents que les hommes… »

Colette conseilla à Yann de construire un cours en interdisciplinarité avec la SVT, de façon à dégager une *essence plurielle de l'homme*, compatible avec le respect de la vie et des animaux. Néanmoins, elle le rassura : si le cours s'était éloigné de son objectif premier (la tragédie de Racine), ce n'était pas grave, il fallait parfois se perdre et compter avec la spontanéité des élèves. Au fond, derrière cette défense des animaux, les élèves avaient protesté contre toutes les discriminations faites au vivant, protestation bien plus importante qu'un savoir inutile sur la tragédie classique. Elle ne lui adressa qu'un reproche : le choix du cours *dialogué* : « N'oublie pas ce que la position du *sachant* par rapport à *l'apprenant* charrie d'autoritarisme... Tu as autant à apprendre des élèves qu'eux ont à apprendre de toi ! »

Bruno, en maître zen, se contenta de déposer, sur la table basse, un exemplaire de *Matin brun* : « Lis-le... tu trouveras la solution en ces pages... »

7

L'affaire traînait depuis un mois. On commençait à distinguer, à travers la ténébreuse forêt des cours, la vive clarté des vacances de février. De plus en plus de profs se plaignaient du comportement des élèves, et quelques-uns, parmi la gent élève, ne cachaient pas la mésestime dans laquelle ils tenaient la gent professeur. On entrait dans la période de désenchantement que connaissent certains couples, après le cycle de la griserie amoureuse, sans toutefois qu'une époque de bonheur préalable ait été vécue.

Si la mobilisation autour de la statuette khmère avait retardé la détumescence générale, l'élan des débuts faiblissait, les envolées lyriques se grippaient, les banderoles contestataires retournaient une à une au milieu des placards à balais, à côté des tracts syndicaux jaunis, des serpillières trouées et des produits nettoyants : la toile d'araignée guettait, peinarde.

La torpeur qui menaçait d'ensevelir les combattants s'évanouit d'un coup quand le proviseur informa que les trois principaux opposants à la vente de Menaka seraient inspectés mardi prochain : Pierre Renoir, André Masson et Claire Peloux. Un quatrième larron monterait dans la charrette : Bruno Giboire.

Dandonneau soutint que ces inspections n'entretenaient aucun lien avec l'affaire Menaka, la preuve, Giboire en faisait partie.

Cette version fut tout de suite acceptée et propagée par la majorité des professeurs : « De quoi se plaignent-ils ? avancèrent les moins compatissants, ils ont la chance d'être inspectés ! Moi, j'attends de l'être depuis des années ! C'est l'occasion de grimper des échelons, de gagner plus d'argent ! Et on a beau dire, ce n'est pas rien d'augmenter son salaire, qu'on ne me raconte pas d'histoires là-dessus ! » Bientôt, on considéra que le rectorat privilégiait la partie conservatrice du lycée. « Tu ne vas pas me dire, s'indignait Merluche, que ce n'est pas de la provocation ! » Le syndicaliste ne voulait pas croire la rumeur d'une convocation des inspecteurs par suggestion du proviseur. Selon Merluche, Dandonneau, hypocrite et chafouin, roulait tout le monde dans la farine.

Giboire, d'abord gêné par la compagnie des trois réprouvés, trépignait de joie : il ne doutait pas que l'inspecteur balaierait, par l'entremise de son rapport, tous les soupçons d'anti-modernisme qui polluaient sa réputation (depuis qu'on avait suspecté son travail de morosité). « Si seulement, se disait-il quelquefois, un public pouvait assister, assis sur des gradins, à chacun de mes cours ! » Que ses séances si inventives fussent déployées sans qu'on en gardât la trace le désolait. Il avait même songé à les filmer, ou les enregistrer. Cette fois, au moins, il y aurait un public, et quel public !

On ne tarissait pas d'éloges à propos de Jean-Denis Mortier, l'inspecteur de lettres modernes : il avait participé à l'aventure de *l'Encyclopédie pédagogique*, sous la tutelle de Meirieu en personne. Le projet lui était redevable de plusieurs articles, dont le célèbre « Pédagogie et pédagogisme, les sources de la confusion », article que Giboire avait lu maintes fois, en y trouvant, à chaque fois, de nouvelles idées. Il était décidé à lui demander une dédicace : ce n'était pas un inspecteur qu'il rencontrerait mais l'une de ses idoles. Il confia à Nadège qu'il préférait recevoir, dans sa classe, un « mec de l'envergure de Mortier plutôt qu'un Baudelaire ou un Proust ».

Un matin, donc, Jean-Denis Mortier, costume gris, cravate à pois et mallette en cuir, franchit le portail du lycée André

Malraux. Il commencerait par inspecter le cours de Pierre Renoir, puis il s'intéresserait à celui de Bruno Giboire. Ce dernier avait répété, la veille, devant Nadège, le déroulement de sa séance ; tout fonctionnait à merveille. Les élèves travailleraient d'abord en îlots sur les types de focalisation dans *La mort du Roi Tsongor*, puis deux rapporteurs exposeraient devant le groupe-classe le fruit de leur analyse. Il y avait un truc en plus : chaque texte proposait un point de vue différent (interne, externe, omniscient, etc.). À la fin de l'heure, aucun élève n'ignorerait ce qu'était une focalisation !

Bruno serra la main de Mortier en souriant bêtement, comme un amoureux transi. Rien n'avait été dévoilé de l'inspection, l'heure précédente, de Renoir ; il savait cependant que, par contraste, son cours ravirait Jean-Denis Mortier. Il serait exactement conforme à ce que l'Éducation nationale attendait de ses professeurs, car pour cette honorable institution, la pédagogie était une science, il y avait des méthodes infaillibles. André Masson, inspecté l'avant-veille, avait raillé, devant Bruno, le « fatras pseudo-scientifique de la pédagogie moderne ». Mais Bruno n'était pas tombé dans le panneau, il ne connaissait que trop ces esprits chagrins toujours prêts à se moquer de ceux qu'ils appelaient « les pédagogistes ». Discrètement, il croisa les doigts derrière le dos pour conjurer les mauvais esprits environnants.

Le cours suivit, sans déraper, les lignes en pointillé que Giboire, dans son esprit, avait tracées pour dessiner un patron idéal, prêt à la découpe. Les élèves jouèrent le rôle de l'élève attentif, curieux, avide de connaissances ; le vidéoprojecteur ne fit pas défaut ; la voix de Giboire ne trembla pas ; le bavardage ne s'invita pas davantage et, à la fin de l'heure, rien ne déborda : la sonnerie retentit à l'instant où chacun refermait son agenda, après y avoir inscrit les devoirs pour la prochaine fois.

La joie de Bruno aurait dû être totale ; cependant, une mélancolie en altérait la plénitude, un froid pénétrait la chaleur, le vide grignotait le plein. L'objet de son désir, l'inspection, avait sombré dans le déjà-passé : tant rêver, tant espérer, tant brûler, puis le rien. Le temps avait repris son bien, ou plutôt, à la place, ne restaient que souvenirs et cendres. Il s'en fallut de peu que

Giboire tournât poète, lyrique, nostalgique, littéraire. Le monde du Progrès aurait perdu un de ses partisans les plus convaincus. Heureusement, l'âme de Giboire ne restait jamais longtemps dans les profondeurs, la surface était son royaume, l'optimisme sa nourriture spirituelle. On peut le dire : pour Giboire, la mort n'était rien, la maladie presque rien. Il aimait répéter la théorie d'Épicure selon quoi, vivant, on ne sait pas ce qu'est la mort, et que mort, par définition, on ignorait qu'on l'était, de sorte que l'homme n'avait rien à craindre de la magie noire et puérile du trépas. Fort de cette certitude, Bruno croyait que le monde était bon. Certes, quelques-uns pourrissaient la vie de quelques autres, mais on finirait par les étouffer ; alors, les hommes s'épauleraient fraternellement, le regard tourné vers l'avenir édénique d'un monde sans guerres ni conflits.

L'entretien avec Mortier se déroulait dans le bureau du proviseur. Pour la première fois, Bruno eut le loisir de contempler l'apsara en attendant l'inspecteur. Il n'en pensa pas grand-chose. Il remarqua la courbe de ses seins, deux bols à l'envers, symétriquement disposés ; et des bras comme des serpents, ondoyant au-dessus d'un visage aux yeux clos, couronné de flammes et de fruits.

L'inspecteur s'excusa de son retard. Il déposa une chemise sur le bureau, il déplia son ordinateur portable. Enfin, Mortier parla : « C'est une bonne classe, hein ?

— Oui, répondit Bruno.

— Et c'est heureux ! Vous savez animer votre classe, vous réussissez à construire des ponts entre les élèves et les savoirs. Entendez bien, je parle de savoirs, *au pluriel*, car il n'y a pas de savoir unique, mais une fragmentation épistémique, une myriade de connaissances…

— Bah, alors là, vous prêchez un convaincu, approuva Bruno, tout sourire.

— Vous avez lu de bons livres…

— J'ai lu les vôtres, monsieur…

— Eh, je ne parlais pas forcément des miens, même si, avouons-le, ma modestie dût-elle en souffrir, j'ai mis à jour des vérités définitives sur la pédagogie.

— C'est ce que je disais, hier, à Pierre Renoir, qui semblait en douter…

— Revenons à votre cours : le choix d'une organisation de la classe en îlots est pertinent. Ce n'est pas à un lecteur de Mortier que j'apprendrai les avantages d'une appropriation collective des connaissances ! Je ne remets pas en cause, donc, votre animation. Néanmoins, j'aimerais attirer votre attention sur d'autres pistes, plus inventives, moins scolaires, qui auraient pu être mises en place : si les différents points de vue narratifs de la littérature sont autant de regards portés sur le monde, une même histoire sera vécue diversement selon les personnages… Eh bien, que n'avez-vous pensé à assister à un match de foot ? Un gardien de but ne vit pas le même match qu'un avant-centre ou un milieu défensif. Et un spectateur, au-dessus du terrain, dans les tribunes, n'est-il pas le symbole d'une narration omnisciente ? Pour vos élèves en difficulté, l'exemple aurait été parlant et moins académique. L'important est qu'ils assimilent cette notion, quel que soit le support ! En plus, vous habitez à Nantes ! il y a une bonne équipe de foot. Allons, Giboire, sortez des sentiers battus, osez, vibrez ! C'est à cette condition que vos élèves vibreront !

— Je n'y avais pas pensé, mais comptez sur moi pour aller au stade avec d'autres classes, soutint Bruno, admiratif.

— Vous trouverez d'autres idées innovantes dans un prochain livre collectif, dirigé par moi. Des pistes. Des chemins. Des clairières. Notez bien que nous préférons indiquer des passages et des directions, plutôt que de fournir, clés en mains, des séances toutes faites. Mais ces séances existent.

— Ce pourrait être intéressant d'y avoir accès, répondit Bruno, les yeux brillants.

— Non, il est primordial que l'enseignant construise, lui aussi, ses cours : il reste ainsi dans la position de l'apprenant qui construit ses savoirs. La pédagogie est une science, certes, mais nous refusons de la divulguer totalement… Si on vous donnait les cours, à quoi servirais-je ? On préfère vous indiquer des pistes, et moi je viens vérifier si vous avez suivi le bon chemin, celui qui conduit au cours parfait. Sinon, ce serait nier la liberté pédagogique de l'enseignant.

— Sans compter ceux qui se contenteraient d'appliquer bêtement, comme des robots, les séances distribuées par l'Éducation nationale !

— Tout à fait !... Bon, maintenant, j'aurais une critique à formuler : pourquoi avoir donné du travail à faire à la maison ?

— Cela permet d'affermir le savoir-faire des élèves, non ?

— Affermir le savoir de *certains* élèves ! rectifia Mortier... Car les élèves défavorisés, eux, ne bénéficieront pas de l'aide parentale, ni même d'un bureau pour faire leurs devoirs ! Il faut que cesse absolument ce scandale du travail à la maison... L'école est avant tout destinée à lutter contre les inégalités, c'est son premier devoir, sa mission, sa raison d'être !

— Excusez-moi, répondit Bruno en baissant la tête.

— Il est inutile, de surcroît, d'insister sur les savoirs : les élèves ont bien le temps de s'approprier des connaissances. Il faut qu'ils acquièrent des savoir-faire et des savoir-être... Tout est sur Internet ! À quoi bon encombrer leur tête de connaissances qu'ils retrouveront, en un clic, sur un écran d'ordinateur ? Et puis, il y a aussi les livres, même si, pour ma part, je pense qu'il faut manier l'objet-livre avec prudence, ne pas le mettre sur un piédestal, ne pas tomber dans l'élitisme... C'est le risque de notre discipline : croire que la littérature est plus importante que d'autres formes d'expressions artistiques, comme le rap, les slogans publicitaires, les tweets, le slam, les tracts, les tags, le hip-hop, l'improvisation théâtrale, le mime, les cracheurs de feu, la coiffure, la mode, le piercing, tout ce qui enrichit l'existence : la vie est une fête ! J'aime quand les élèves s'amusent, je n'aime pas quand ils s'ennuient sur des textes, pour la plupart concoctés par des mâles blancs de l'ancien monde !

— J'ai étudié un poème d'une femme noire et lesbienne, répondit timidement Bruno.

— C'est bien, mais ce n'est pas assez. Il faudrait une véritable parité, homme, femme, homosexuel, hétérosexuel, transsexuel... Et toujours se dire, avant chaque cours : ai-je bien éradiqué tout ce qu'il y avait d'élitiste ? Tous les élèves sont-ils en mesure de saisir le contexte culturel de ma séance ?

— Votre conseil m'est précieux...

— Je ne doute pas que vous l'appliquerez... Enfin, si vous pouviez en convaincre votre collègue Pierre Renoir, je vous en serais reconnaissant, car il me semble réfractaire à toutes les idées nouvelles. Figurez-vous que j'ai dû subir un cours sur Nicolas Boileau et Pierre Nicole ! Et qu'il a demandé à ses élèves de lire les *Maximes* de Chamfort !

— Ça ne m'étonne pas de lui...

— On ne combat pas les inégalités sociales en étudiant Boileau ! Mais il s'en moque ! Je ne suis pas sûr que nous puissions le conserver dans l'Éducation nationale : il ne suffit pas d'être un grand lecteur et un passionné de littérature pour enseigner ! Je dirai même que l'amour des lettres entrave la transmission des savoirs. À tout le moins, ce n'est pas le critère que je retiendrai pour juger la valeur d'un professeur. Ou alors, un critère à charge. »

Mortier posa d'autres questions sur la motivation de l'impétrant, ses lectures, les stages auxquels il s'était inscrit, ses projets professionnels ; il blagua même, obligeant Giboire à contrefaire un sourire, contraction qu'il esquissa non sans mal, car rien ne distinguait une plaisanterie de Mortier de la masse de ses propos, si ce n'est un petit rire ponctuant une phrase parmi d'autres, comme une invite à s'esclaffer de concert.

Alors que l'entretien allait se terminer, Giboire sortit de son cartable *L'Enfant, ce Maître au sourire si doux*, le dernier article publié par Jean-Denis Mortier, dans la *Revue Pédagogique* : « J'aimerais que vous me dédicaciez cet essai, si cela ne vous dérange pas ?

— Avec plaisir », répondit Mortier. Et il ajouta : « Vous allez faire des jaloux ! »

Un début de rire accompagna l'assertion, début de rire auquel Bruno jugea plus prudent de ne pas se joindre. Ce fut l'instant le plus acrobatique de l'entretien, car en ne riant pas, Bruno risquait de déplaire à l'inspecteur ; cependant, un rire trop appuyé aurait ratifié l'idée qu'une dédicace de Mortier n'avait aucune valeur.

Giboire fit le bon choix : d'un air entendu, l'inspecteur, avant de quitter le bureau, désigna l'apsara de la main droite : « Entre nous, elle n'est pas bien belle, cette statue ! Toute une histoire pour une statuette du XVe siècle ! Il faut être un pervers pour la préférer à des ordinateurs et à un atelier-citoyen…

— Je suis bien d'accord… Si Malraux ne l'avait offerte au lycée, personne ne chercherait à conserver cette petite statue.

— Ah, Malraux ! comme c'est poussiéreux ! Et tous ces écrivains de l'entre-deux-guerres, ces Claudel, Valéry, Giraudoux, Mauriac, Martin du Gard, Colette, Bernanos, Barrès, Gide et même Proust, ça vous a un côté suranné, vieille France, poudre de riz, broderie de grand-mère, ombrelle, duchesse, colonie, ça pue le renfermé, l'entre-soi, le petit doigt levé, le chienchien : de l'air ! Giboire ! De l'air ! Les sixties ont balayé toutes ces vieilleries… Et je donnerais toute l'œuvre de Proust pour un inédit des Rolling Stones ! »

Mortier claqua des doigts, frappa du pied, et chantonna « I can't get no ! Satis-fac-tion. Cause I Try, and I try, and I try… » Giboire balança la tête, côté gauche, côté droit, avec un sourire nigaud, en espérant, secrètement, que l'inspecteur cesserait de fredonner. Son vœu fut exaucé au bout d'une minute, ce qui lui parut un peu long.

Le sommeil tarda à l'emporter ; la splendeur du jour enflammait ses pensées d'une trop vive clarté.

8

L'année scolaire est une comédie en cinq actes. Les entractes, d'une quinzaine de jours, pendant l'année, et de deux mois l'été, sont attendus, par les élèves et les professeurs, avec la même impatience que celle des spectateurs de théâtre.

Certains avaient espéré que les inspecteurs couperaient l'hydre malfaisante, à deux têtes – Masson et Renoir –, ils en furent pour leurs frais : les deux professeurs, malgré des rapports calamiteux, conservèrent leur poste, sans même qu'on les obligeât à suivre des stages de rééducation pédagogique. Cette tolérance alimenta la rumeur d'un protecteur haut placé au ministère de l'Éducation. Une amie de Colette Pelletier confirma l'existence d'un soutien éminent, ce qui révolta cette dernière : « Je ne supporte pas ce copinage qui se fait sur le dos des gosses… Ah, les réseaux, l'entre-soi, le piston, c'est le refus de la démocratie ! Un autre mot pour parler de la mafia… » Là-dessus, presque tout le monde s'accordait : le piston, c'était dégueulasse. Bruno, ému, se dit qu'on trouvait vraiment des gens bien dans l'enseignement.

Son rapport d'inspection l'avait enchanté : on lui reconnaissait une grande maîtrise des méthodes pédagogiques. Son avancement se ferait dorénavant « au grand choix ». Pour fêter l'événement, il invita Nadège, Colette, Claude et Léo dans un restaurant du Bouffay, et leur offrit l'apéritif.

La soirée fut une réussite. On plaisanta et chacun raconta des anecdotes relatives à sa carrière. Le proviseur, Dandonneau, occupa le quart des conversations ; il avait ses partisans et ses détracteurs. Le ton se fit plus grave quand on revint sur le piston dont bénéficiait Pierre Renoir. Pour détendre l'atmosphère, Bruno détourna la conversation du côté de Musset et de la littérature. Colette Pelletier protesta vertement : « On ne parle pas du boulot à table ! » Les autres convives approuvèrent ; le pauvre Bruno reconnut que c'était « indécent ».

Le projet Menaka n'avançait pas, les agents de la réaction, retranchés derrière les murs de la vilenie, repoussaient les assauts du progrès. C'est ainsi que Claude Pousseur présenta le théâtre des opérations. À cette allure, l'atelier-citoyen ne verrait jamais le jour, le Mal poursuivrait son œuvre, en toute liberté, sans que les forces de la jeunesse, généreuses mais désarmées, apportassent un contrepoids salutaire.

Jenny Bigot avança alors l'idée qu'on pouvait mettre à profit les vacances de février pour constituer un « Atelier de réflexion », consacré à « dégager des axes de résistance contre la pensée sclérosée-sclérosante s'opposant à la vente de Menaka ». Il existait, selon elle, au sein de l'établissement, des talents qui ne demandaient qu'à s'unir pour offrir des « propositions décalées, propices à l'épanouissement du vivre-ensemble ».

Le proviseur accepta d'ouvrir les portes du lycée pour que des « professeur·e·s bénévoles et concerné·e·s » établissent un calendrier d'action.

De nombreuses consciences morales avaient malheureusement réservé une semaine dans des stations de sports d'hiver ; elles n'oublieraient pas (dirent-elles) les collègues qui, à Nantes, œuvraient pour le bien commun. Par l'entremise de Skype, Didier Merluche participerait même, tout bronzé, aux débats : « J'ai promis aux enfants d'aller à Luz Ardiden, expliqua-t-il, mais crois bien que je préférerais combattre, au milieu des camarades, quel qu'en soit le prix ! »

Giboire exulta : il ne s'habituait pas à ces coupures qui tailladaient l'année scolaire ; la perspective de fréquenter le lycée soulageait l'angoisse de vacances, synonymes d'ennui et même de désespoir, car, en dehors de se rendre utile (aux autres), il ne voyait pas à quoi il servait. Un jour, Renoir lui répondit : « À rien, sans doute... Comme tout le monde. Ce n'est pas si grave. » Il se dit que, tout de même, il fréquentait les supermarchés et, ce faisant, participait à la consommation, à la vie économique du pays. Ce n'était pas rien ; néanmoins insuffisant pour combler son besoin atavique de servir. Participer à une entreprise collective, le dispensait de réfléchir à l'inutilité du Tout : « Puisque le Tout existe, il doit avoir sa nécessité », cet axiome une fois démontré, Bruno retrouvait sa solidité de Bruno.

Dès le lundi après-midi, une petite troupe de professeurs occupa la salle de réunion du lycée André Malraux. Une collègue de SVT, Suzanne Gilbert, avait confectionné des cookies ; Jenny une tarte aux pommes et Léo une quiche au saumon. On était en vacances, que diable ! Claude Pousseur ne croyait qu'aux mouvements contestataires libérés des passions tristes. Les « peine-à-jouir » appartenaient au camp d'en face, incapables de s'affranchir d'un sinistre puritanisme petit-bourgeois.

La culture, elle aussi, était du côté des progressistes, Pousseur, sur ce point, ne transigeait pas. Certes, les salauds comme Renoir allaient au théâtre et au musée, lisaient les classiques et écoutaient Bach et Debussy ; mais ces pratiques culturelles relevaient d'un héritage bourgeois qu'ils couvaient comme des poules pondeuses (à ce moment, Pousseur rabattait ses avant-bras contre son corps, coudes en V, et mimait un battement d'ailes). La vraie culture frémissait dans les quartiers, au détour d'une rue, dans l'éclat d'un tag ou dans l'énergie d'un danseur de hip-hop. La vraie culture s'ourdissait loin des consécrations académiques, avec le roman destroy d'un fils d'immigré qui, dans cinquante ans, serait reconnu comme le nouveau Rimbaud ! Alors que pour un Pierre Renoir, la culture ne représentait pas autre chose qu'une *distinction* sociale, un signe d'appartenance à la classe dominante et, qui pis est, une façon sournoise d'exclure les gosses des quartiers des postes à responsabilité.

Colette Pelletier était complètement d'accord.

Bruno se sentait bien au milieu de ses amis, à l'esprit si vif, aux réparties pleines d'humour. Il regretta cependant l'absence de Nadège, partie chez sa mère, en Normandie ; elle ne reviendrait que jeudi.

Patrick Prévost lança la discussion de belle façon, avec une mise en situation économique et historique de la question. Suzanne, enthousiasmée, applaudit la performance : « Eh bien, ça vole haut ! Je suis super contente de participer à de tels débats ! »

Pousseur prit un visage concerné et studieux, le visage des gens sérieux, impliqués dans les affaires d'importance, dont la solution leur échoit et pèse sur leurs épaules de gens sérieux et importants. Il ne fallait pas s'y tromper, expliqua-t-il en substance, l'atmosphère bon enfant de la réunion n'empêchait pas la gravité de la situation : la Réaction s'opposait à la vente d'un « objet » dans l'unique but d'éradiquer les bourgeons de la révolte, en privant le lycéen (aussi appelé « le jeune ») des outils philosophiques de la critique.

Suzanne, chauffée à l'indignation par les harangues de Prévost et de Pousseur, souhaita outrepasser les règles de droit : « Vendons la statuette, quoi qu'en pensent les Renoir et les Masson, cette bande d'enculés ! Allons de ce pas casser la vitre de Menaka, et emparons-nous d'un bien qui appartient au peuple ! » Suzanne faillit insulter Pousseur et Prévost, qui penchaient pour des solutions plus pacifiques.

Colette intervint pour calmer les esprits. Elle rappela qu'une division consacrerait l'échec des « forces de gauche » et la victoire de la « droite versaillaise ». Prévost contesta mollement la catégorisation politique de l'affaire, avant d'appuyer le discours de Colette : « Restons unis, c'est le seul moyen de vaincre… Je comprends ta position, Suzanne, elle est la mienne, d'une certaine manière, cependant, il faut jouer serré : nous avons contre nous la police et les puissances financières… Sans l'union, nous courons à la catastrophe ! » Alors Suzanne éclata en sanglots :

« Excusez-moi, je m'emporte, je ne réfléchis pas... J'aimerais tellement que les gamins aient accès au savoir, à la culture... » Pousseur mit la main sur l'épaule dolente de sa collègue, en signe d'apaisement : « Tu es trop pure, Suzanne, c'est tout... Tu nous donnes une belle leçon à tous, nous qui sommes toujours enclins à finasser, à lutter contre le Mal en empruntant des voies obliques et sinueuses, plutôt que de lui rentrer dans le lard... »

« Tiens, prends de la quiche au saumon, ça te fera du bien », dit Léo Belin pour la réconforter, en tendant une assiette où douze parts égales avaient été disposées.

Léo, très en forme, eut l'idée, saluée par tous, de porter le conflit sur Internet, grâce à la création d'une page Facebook. Aidés par un prof d'informatique, Léo, Patrick et Bruno travaillèrent le reste de l'après-midi sur l'ordinateur, pendant que Jenny, Colette et Suzanne, moins performantes en ce domaine, discutèrent de choses inintéressantes, mais qui les passionnaient.

Le mardi, l'atelier de réflexion perdit l'un de ses membres, Léo Belin lui-même : son départ fut compensé par la présence d'un collègue de maths, Jean-Louis, et du CPE, Christophe Tessier, un type « vraiment sympa, à l'écoute des élèves ». On avait apporté des parts de pizzas et quelques cookies de la veille.

La page Facebook recueillait déjà 73 « amis » et 154 « like ». À la fin de la journée, on dénombrait 125 « amis » et 352 « like ». On ne fit rien d'autre, ce jour-là, que d'enrichir le site et de répondre aux commentaires.

Le surlendemain, sous la pression de la partie féminine de l'équipe qui souhaitait « revenir aux fondamentaux », il fallut se détourner des réseaux sociaux. De toute façon, chacun pourrait s'occuper de la page Facebook, le soir, sur son propre ordinateur, alors que la collectivisation des idées obligeait à « investir un espace commun ».

« Quand on combat un adversaire, il ne faut pas se contenter de passer ses troupes en revue, déclara Patrick, il faut viser l'ennemi et l'abattre ! » Si combatifs qu'ils fussent, les rebelles s'émurent du côté expéditif de la proposition. Christophe résuma l'état d'esprit du groupe : « Tu vas peut-être un peu trop loin, là… » Le professeur d'économie qui, rappelons-le, passait pour la conscience morale du lycée, nuança son programme : « Je ne parle pas de supprimer *physiquement* nos adversaires, mais *symboliquement*. C'est au niveau du symbole qu'il faut agir ! Discréditer Renoir et sa clique… » Colette objecta qu'ils étaient déjà déconsidérés aux yeux de tous, ce qui ne les empêchait pas de « faire chier tout le monde ». Même l'inspection défavorable n'avait pas étiolé leur position.

Bruno, qui jusqu'alors affichait un mutisme suggestif (« je ne dis rien, mais je réfléchis »), déploya un talent stratégique qu'on ne lui connaissait pas : « Plutôt que de déshonorer l'adversaire, pourquoi ne pas en faire un ami, en le conduisant, par la douceur, à partager le point de vue rationnel et juste que tous devraient adopter ? »

Colette ironisa : « Bah bien sûr, il suffit de discuter une demi-heure avec un facho pour le transformer en démocrate, tout le monde sait ça… » Patrick Prévost, moins sarcastique, vanta la moralité de Giboire, sans cacher son scepticisme sur les chances de succès de ce stratagème : « Bien qu'il soit triste d'observer des esprits enferrés dans l'erreur et l'abjection, permets-moi de douter, Bruno, que des discussions parviennent à les faire changer d'avis. » Tous partageaient la sombre vision, pour une fois, du monde et des hommes exposée par Patrick. Seule Suzanne soutint la thèse de Bruno : « Je suis certaine qu'avec de la pédagogie, on peut les amener à résipiscence. » Pousseur sourit : décidément, Suzanne avait un cœur en or, elle n'imaginait pas que vécussent, sur terre, des êtres vils et sans dignité, irrécupérables. C'était tout à son honneur. Qu'il faille la suivre dans sa « naïveté adorable » ne se pouvait. Plus accoutumé à la folie des hommes, Pousseur rejoignit l'incrédulité de Patrick : la dureté du monde obligeait les Justes à s'endurcir.

« Vous n'y êtes pas du tout, reprit Bruno, je ne prône pas la discussion pour convertir Masson et Renoir, pas du tout… Il y a d'autres méthodes : j'ai entendu, il y a quelques jours, à la radio, une émission où un neuropsychiatre évoquait la commercialisation d'un médicament, sous forme d'une poudre en gélule, qui activait les zones morales du cerveau. Nous pourrions verser, discrètement, une capsule d'Ethico3000 dans les verres de Pierre Renoir et d'Ernest Masson, ainsi, très vite, ils rallieraient notre cause ? »

La proposition de Giboire remporta tous les suffrages, on apercevait, enfin, « la sortie du tunnel ». De surcroît, les affrontements, toujours empreints de vulgarité, étaient abrogés, il n'y aurait aucune intimidation, ni perte d'énergie, ni violence. On avait un ennemi, et soudain il devenait un ami. Patrick Prévost n'était pas loin de considérer la découverte de cette gélule comme l'événement le plus important du XXIe siècle : dorénavant, les hommes se respecteraient et s'entraideraient.

Suzanne, une nouvelle fois, déchira l'unanimisme : « Mais est-il très moral de modifier totalement la conscience d'un individu ? N'est-ce pas le transformer en marionnette, en vassal ? Lui ôter sa liberté de conscience ? »

La question n'était pas sotte. Tous en convinrent. Sauf Pousseur, excédé, cette fois, par la candeur de sa collègue : « Écoute, Suzanne, jusqu'à maintenant, je t'ai soutenue, j'ai aimé ta vision enfantine des choses, mais là, excuse ma grossièreté, mais tu commences à faire chier avec tes questions à la con ! Tu peux pas fermer un peu ton claque-merde, de temps en temps ! On avait trouvé une solution, pacifique, aimable, pratique, et toi tu viens nous les hacher menues pour des questions de morale ! Mais la morale, ma petite dame, la morale, elle est de notre côté ! Avec des gens comme toi, le monde pourrirait sur place ! Tu crois peut-être que les opposants au nazisme auraient hésité à glisser une gélule d'Ethico3000 dans les chopes d'Hitler et de ses amis, les gentils SS ? Il y a des moments où les saintes-nitouches, y'en a marre ! La vraie morale, disait Pascal, se moque de la morale ! »

La diatribe de Pousseur ne s'essouffla qu'au départ de Suzanne, en pleurs, de la salle de réunion. Le reste du groupe tenta de calmer l'ire du professeur de français, en lui assurant qu'on suivrait son avis : les gélules dilueraient l'opposition réactionnaire dans l'unité du Bien. Jenny Bigot tenta de défendre la pauvre Suzanne : « Tu sais bien qu'elle est naïve… Mais admets que sa question méritait d'être posée… et tu y as répondu de fort belle façon !… Fallait-il cependant s'énerver jusqu'à la faire pleurer ?

— Elle pissera moins ! » répliqua Pousseur, le visage écarlate et les traits déformés par la colère.

9

Puisque la solution avait été trouvée, on vota l'ajournement des rendez-vous ; seul Giboire regretta cette décision : il aimait le travail en équipe, comme si, dans une vie antérieure, il avait grandi dans un kolkhoze. Penser *seul,* l'attristait ; et d'ailleurs, dans la solitude, il ne pensait pas, ou peu. Bruno était l'homme des groupes, des clans, des familles, des tribus : un homme *social*, un homme que les existentialistes auraient défini comme étant *pour autrui*. Un homme *collectif*. Un homme *fourmi*. Les autres hommes *sociaux*, à son image, promouvaient la passion de l'attroupement, de l'association et du Même. Tous auraient voulu n'exister que par autrui et pour autrui. Et surtout n'être rien par eux-mêmes. L'inappétence pour le collectif, à leurs yeux-fourmis, s'apparentait à une désertion de la cause humaine. Une trahison. Une collaboration avec le néant.

Un spot sur le covoiturage résumait le credo du Nombre : « Voyager à plusieurs, c'est quand même mieux que tout seul ! » À chaque fois que la radio diffusait cette publicité, Bruno opinait du chef, en regrettant, néanmoins, qu'il faille rappeler de telles évidences.

Verser de l'Ethico3000 dans les verres de Masson et Renoir exigeait de l'organisation et de la discrétion. La plupart des professeurs n'approchaient les réprouvés que lors des conseils de classe. À la cantine, Bruno partageait épisodiquement leur table : on le désigna pour accomplir la mission. La posologie recommandait de suivre le traitement pendant trois jours, à raison d'une gélule quotidienne. Le respect de cette contrainte représentait le point le plus délicat à observer : que Bruno déjeune, le lundi, avec les deux fachos, soit ; mais qu'il s'asseye trois jours de suite à côté d'eux risquait d'attirer les soupçons. « Qu'importe ! répliqua Bruno, je suis prêt à affronter tous les dangers !... si c'est pour les gosses ! » Nadège le couva d'un œil amoureux : le péril lui allait bien au teint.

On convint d'occuper stratégiquement les chaises de la cantine : tous ceux qui étaient « dans le coup » attendaient, dans la salle des professeurs, que Masson et Renoir, les premiers, passent le portail de la cantine, puis qu'ils déposent leur plateau-repas sur une table. Ensuite, le reste des professeurs leur emboîtait le pas, en prenant soin de ne pas s'inviter à la table des deux scélérats. Bruno, bon dernier, à la suite de tous les collègues déjà assis, n'avait plus le choix : il ne restait de place qu'à la table des félons.

Lors des trois déjeuners, un professeur, jamais le même, avait pour tâche de trouver un prétexte pour que Masson et Renoir fussent obligés de quitter la table un instant ; alors, Bruno, le cœur battant, devait profiter de cette absence pour verser la gélule dans le verre de ses deux commensaux. Lundi et mardi, le plan fonctionna comme dans un rêve. Malheureusement, le mercredi, Pierre Renoir surprit le geste coupable de Bruno : « Bah, ne te gêne pas, mon grand, glisse tes pilules dans mon verre ! » Il y eut un silence dans la cantine, car tout le monde observait le drame, du coin de l'œil. Bruno, pris au dépourvu, s'excusa aussitôt : « Pardonne-moi, Pierre, j'ai confondu ton verre avec le mien ; j'ai un petit rhume » – et il renifla.

Plusieurs professeurs faillirent applaudir l'ingénieuse réplique ; Claude Pousseur, plein d'à-propos, s'arrangea pour que Renoir se retournât vers lui. Bruno comprit qu'une deuxième chance s'offrait à lui : cette fois, il ne la manqua pas.

Il n'y avait plus qu'à attendre.

Les premiers effets de la moralisation du patient apparaissaient quelques jours après le traitement. On aurait pu choisir une autre médication, administrer la prise des gélules sur une durée de plusieurs semaines, à raison d'un Ethico3000 par semaine : le patient, expliquait-on sur la posologie, serait, dès lors, pour toujours, guéri de ses « troubles moraux. » Claude Pousseur avait ferraillé comme un beau diable pour rejeter cette solution. Trois arguments, selon lui, excluaient qu'on la prescrive : d'abord, il fallait agir vite, on avait déjà pris du retard, et les élèves en souffraient ; ensuite, Pousseur n'en avait « rien à foutre de guérir vraiment les deux salopards de leur indignité », seuls les gamins lui importaient ; enfin, Suzanne Gilbert, mortifiée par les insultes proférées contre elle, avait changé de camp, elle qui, au début de la réunion de février, s'était présentée comme une « radicale de la contestation », se plaisait, dorénavant, en la compagnie de forces obscurantistes, de sorte qu'on craignait qu'elle ne trahisse le projet fomenté par la partie éclairée du lycée. Dès la reprise des cours, une assemblée de maquisards, orchestrée par Pousseur, tint conseil, en soirée, pour bâillonner l'ex-amie et parfaite renégate. Patrick Prévost, de mauvaise humeur et peu inspiré, ne voyait pas d'autres solutions que de tuer Suzanne, grâce à de l'arsenic ou à une embardée, en voiture, fauchant l'ennemie – ni vu, ni connu. Colette Pelletier s'opposa à cette entreprise, en rappelant qu'elle exposait ses partisans à des peines de prison (s'ils étaient découverts). « En plus, ajouta-t-elle, ce n'est pas très moral. » Tous reconnurent ce dernier point, sauf Pousseur qui, à l'appui de sa thèse, cita Péguy : « Vous avez les mains propres, mais vous n'avez pas de mains. » Il ne céda que pour des raisons *pratiques* : l'arrestation des conjurés signerait l'échec des progressistes, et concomitamment, la victoire des conservateurs. D'un point de vue *pratique*, il fallait s'abstenir d'assassiner Suzanne.

Cette abstention ne résolvait pas le problème. Bruno proposa de soigner Suzanne de la façon dont on soignait Masson et Renoir, grâce à la médicamentation. Il était trop risqué, objecta-t-on, d'attendre qu'Ethico3000 rétablisse la raison morale de l'égarée, celle-ci aurait le temps de révéler la machination. « Tout serait tellement plus simple, soupira Jenny Bigot, si on pouvait expliquer, simplement et clairement, à Renoir et à Masson qu'il est de leur intérêt de suivre un traitement médicamenteux de manière à redresser l'avachissement moral où ils se complaisent… Mais ils sont trop enfoncés dans le Mal pour réagir, ils n'ont même pas conscience de leur infamie… »

Pour les mêmes raisons, on abandonna l'idée, formulée par Christophe (le CPE), d'une discussion *pédagogique* avec Suzanne, où l'on aurait démontré à la traîtresse, point par point, la faiblesse de sa position. « Elle est tellement remontée contre Claude qu'elle n'écoutera pas nos arguments », observa Colette, non sans enrichir son constat d'un développement sur la déraison humaine et l'aveuglement des esprits manichéens.

On désespérait de trouver une solution, quand Jenny Bigot, forte de son amitié avec Suzanne, imagina le moyen de contraindre celle-ci au mutisme : Suzanne entretenait une liaison adultérine avec un collègue du lycée Clemenceau, elle s'était confiée à Jenny, en amie, en lui demandant de ne rien révéler à son mari, ni, a fortiori, à ses trois enfants. Eh bien, on achèterait tout simplement le silence de Suzanne par le silence des conjurés. Et c'était cher payé, car on échangerait un acte immoral (l'adultère) contre un acte moral (la transformation de deux conservateurs en progressistes). Pousseur n'en démordait pas : une fois le danger écarté, la décence exigerait qu'on prévienne Yannick Gilbert, le mari de Suzanne, des frasques de son épouse : « Tu comprends, expliqua Pousseur, Yannick est un ami, je le connais depuis des années, je ne peux pas lui cacher que sa femme s'envoie en l'air avec un prof d'éco ! C'est une question d'honneur, et là-dessus, je ne transige pas. »

De façon à ne pas compromettre l'amitié entre Suzanne et Jenny, on confia à Colette Pelletier, dès le mardi matin, le soin d'informer la pauvre Suzanne du chantage dont elle était l'objet. Colette évoqua l'imprudence des amants qu'on aurait surpris, main dans la main, dans une rue de Nantes. Le soir même, Suzanne, en pleurs, appela Jenny pour lui raconter ses malheurs. Jenny fit semblant d'être surprise : « Il y a vraiment des salauds !

En quoi, ça les concerne, ces sales types – car je suis sûre qu'il s'agit de pauvres mecs – que tu aies le droit au bonheur, que tu t'épanouisses dans une belle histoire d'amour ! » Jenny ne se priva pas pour dire son fait aux sycophantes en général et à la gent masculine en particulier. Quand elle se coucha, elle fulminait encore contre les jaloux et les envieux.

Le jeudi matin, on commençait, parmi les conspirateurs, à tendre l'oreille aux propos de Renoir et de Masson avec l'espoir d'y déceler les signes d'une mutation conceptuelle et morale, même modestes. Les deux professeurs ne cachèrent pas leur surprise que des confrères, naguère moins chaleureux, leur adressassent la parole. Seul Claude Pousseur, vertueux jusqu'au bout, refusa de se déconsidérer en discutant avec des ennemis qui, à l'entendre, n'étaient pas seulement les siens, mais ceux de la jeunesse et de la joie.

Colette Pelletier exulta quand elle apprit de la bouche d'un élève de Masson que celui-ci étudiait un texte de Rousseau sur la démocratie : « Tu te rends compte, confia-t-elle à Christophe (le CPE), Masson, d'habitude, il travaille sur des philosophes comme Hobbes, Voltaire, Nietzsche ou Heidegger… Pas besoin de te faire un dessin… Et là, il explique un texte de Rousseau, et pas n'importe quel texte : un extrait sur la Volonté générale, sur la démocratie ! » Lorsque Bruno informa les conjurés qu'il avait surpris, dans la salle des profs, Renoir plongé dans la lecture du *Monde* – un type qu'on soupçonnait d'être abonné à *Minute* ! –, on estima que la partie était quasi remportée. Patrick Prévost, moins optimiste, soutint que personne n'avait jamais vu Renoir en train de lire *Minute.* « Tu m'étonnes, s'écria Colette, il se cache pour lire ce torchon ! Tu ne crois quand même pas qu'il a le courage de ses opinions… » Patrick estima qu'il y avait du bon sens dans ce que disait Colette, « du bon sens, oui ».

L'isolement des « salopards » (pour citer la Pelletier) prenait fin : il fallait les aider à recouvrer la santé mentale et ne pas entraver le processus de guérison. « Au fond, commenta Patrick Prévost, nous sommes des accoucheurs de conscience. » Assez content de sa définition, il se plut à la répéter pendant plusieurs jours. Il eut même envie d'écrire un essai sur ce thème ; quelques paragraphes en gardent le témoignage.

Pousseur, lui, restait prudent et refusait de parler à Pierre Renoir. Même la probable métamorphose de ce dernier ne suffirait pas : « C'est trop facile de se retrouver, grâce à une thérapie, dans le camp du Progrès : qu'ont-ils fait, ces pauvres types, pour accéder à la vérité ? Ont-ils seulement lu Bourdieu et Foucault ? Qu'on les guérisse, je ne m'y oppose pas, puisque les gamins vont en profiter, mais qu'on ne me demande pas, en plus, d'admirer leur évolution ! » Certains faisaient grand cas de l'intransigeance de Pousseur (« on ne peut pas aller plus loin dans la rectitude morale et politique »), d'autres, au contraire, regrettaient l'absolutisme du professeur de français, sans toutefois le déclarer publiquement tant la figure de Pousseur exerçait une autorité morale sur ses collègues. Sa présence dans la salle des professeurs contrariait immédiatement l'esprit de futilité qui y régnait, comme si Robespierre en personne s'était assis à côté de la machine à café. Une stagiaire d'anglais résuma assez bien le sentiment général par cette confidence : « Quand je suis à côté de Claude, j'ai l'impression d'être une petite fille ! »

Bruno, quoique confiant dans la suite des opérations, trouvait qu'on ne parlait pas assez du rôle qu'il avait tenu dans l'histoire : c'était lui, et personne d'autre, qui avait eu la hardiesse d'administrer le traitement prescrit, après en avoir eu l'idée, et ce, au péril de son intégrité physique : « Tout le monde l'oublie ! » se plaignait-il à Nadège et Léo. Certes, il avait conscience de n'être pas à la hauteur de Claude Pousseur (« je ne me raconte pas d'histoires, rassurez-vous »), néanmoins, sa témérité méritait éloges et reconnaissance.

Nadège, par amitié pour Bruno, évita de lui rapporter ce qui se disait dans son dos et qui était en passe d'être reconnu comme une vérité partagée par tous : si l'on avait confié à Bruno la mission que l'on sait, la raison en était que ses compromissions avec l'ennemi – il ne parlait que trop avec Masson et Renoir ! – lui conféraient la position idéale pour l'approcher et lui infliger la médication idoine. Cet emploi le dédouanait, disait-on, de ses coupables complicités. Au fond, il n'avait fait que racheter ses fautes ! On était loin d'un geste héroïque et admirable ! Et alors que tous s'étaient défilés, maintenant que l'opération était terminée, tous prétendaient qu'ils avaient été bien généreux de laisser la place à Bruno.

Malgré ses secrètes dissensions, la salle des profs retrouvait un peu de légèreté. Jenny Bigot, si sévère communément avec Renoir, lui reconnaissait un « certain charme » et une « vraie culture ». Il lui avait récité, « de mémoire ! », des vers d'Aragon : on pouvait le croire presque guéri.

Bientôt, le lycée pourrait se débarrasser de l'apsara et envisager l'ouverture du fameux atelier-citoyen. Le proviseur en fut informé, sans qu'on lui avoue, cependant, la raison du retournement des réfractaires. « Eh bien, ce n'est pas trop tôt ! J'en ai marre de travailler avec cet épouvantail du Moyen Âge ! » Dandonneau contacta plusieurs acheteurs potentiels, en fixant un prix élevé à la statuette : « Pour le bien des gamins ! »

Les élèves n'avaient pas été mis dans la confidence ; pourtant, plusieurs professeurs étaient à deux doigts de craquer, annonçant à leurs classes que le lycée bénéficierait bientôt d'une nouvelle salle de travail, mais se rétractant aussitôt, en songeant à la colère de Pousseur s'il apprenait que la reddition attendue (celle de Masson et Renoir) avait été communiquée avant d'être attestée. Beaucoup d'élèves, moins scrupuleux, en concluaient que le combat était gagné – sans se réjouir plus que ça : tout compte fait, l'atelier-citoyen, ils y travailleraient, et quand bien même la cause serait juste, ça les faisait « grave chier ».

Étrangement, personne n'osait poser à Pierre Renoir la question de la statuette, par pusillanimité sans doute, mais aussi de peur de contrarier sa convalescence. On attendrait le conseil d'administration du mois de mars pour fêter la victoire. L'issue, pour tous, ne faisait aucun doute : les réactionnaires allaient rejoindre le camp de la raison. Seul Claude Pousseur affichait un prudent scepticisme : « Avec ces racailles, il faut se méfier ! une crapule, ça a la peau dure ! »

Enfin, un soir, après les cours, les conseillers se réunirent pour statuer sur les voyages scolaires, les dépenses de cantine et le sort de l'apsara. Dandonneau rappela, une nouvelle fois, tous les avantages, « pour les jeunes », de vendre, au plus haut prix, la statuette cambodgienne. Patrick Prévost compléta l'analyse en arguant qu'il fallait combattre le Rassemblement National et l'islamophobie. Une mère d'élève qui opinait du chef, jugeant que son approbation n'était pas encore assez visible, applaudit bruyamment, en ajoutant qu'elle était fière de participer à ce « magnifique projet d'émancipation ! ». Laurence Duclos, professeure de sciences naturelles, insista pour qu'on n'oublie pas, au moment de répartir les gains de la vente, le développement durable. La mère d'élève affichait un air très concerné. Elle écrivit même quelques mots sur son bloc-notes.

Quand Pierre Renoir leva le doigt pour prendre la parole, toute l'assemblée, anxieuse et pleine d'espoir, se tourna vers lui : « Je vous écoute depuis une demi-heure et personne ne semble tenir à la petite statue khmère. Je n'ai rien contre le développement durable ou d'autres combats politiques, mais je ne vois aucun lien entre ces projets et l'instruction de nos élèves : je vous rappelle, Mesdames et Messieurs, que l'enseignement n'est pas un catéchisme, qu'il soit religieux, laïque ou politique. Nous sommes là pour transmettre aux nouvelles générations le goût de la pensée, la passion du beau et le sens poétique de leur fugitive présence sur terre. Cette statue, d'un autre temps et d'une aire géographique étrangère, est une chance pour les jeunes gens de ce lycée, une inestimable chance de contact avec la beauté des civilisations de l'Asie du Sud-Est. Que vaut un atelier-citoyen, avec ses ordinateurs si communs et ses films prévisibles, face à ce joyau de l'art khmer ? Les trop rares fois où je l'ai vu, j'ai été frappé par l'élégance érotique de cet objet, sculpté par des mains qui ont vécu mille ans avant nous, comme si une métaphysique s'incarnait dans la pierre. Vivre à ses côtés, même sans le voir, devrait contenter tous les professeurs et tous les élèves de cet établissement ! Il serait aussi stupide de s'en séparer que si nous abandonnions une toile de Véronèse ou un buste de Rodin ! »

L'embarras accueillit l'allocution de Renoir. On s'était crus entre soi, et, soudain, un professeur, bardé d'un argumentaire et de références, contestait l'unité du conseil. D'autres voies étaient donc possibles. La mère d'élève, Mme Nicole Lefèvre, montra le visage de l'inquiétude ; un monde s'écroulait. Elle n'était pas dans la confidence, elle ignorait qu'on pût contredire, sur le terrain de la pensée, la vente de l'apsara. Quant aux professeurs présents, ils se rencognaient sur leurs chaises, dans la posture hébétée d'un boxeur exténué, assis sur un tabouret, après une défaite.

Patrick Prévost fut le premier à reprendre ses esprits : « Écoute, Pierre, on sait tous que la statue est un bel objet, et sa vente sera un crève-cœur pour chacun d'entre nous ! Crois-le bien… Moi aussi, comme toi, j'aime l'art ! Ne te présente pas, s'il te plaît, comme l'unique esthète du lycée… D'ailleurs, et tu le sais bien, Jenny a un certificat d'histoire de l'art ! Bruno, avant d'être prof, était responsable du service culturel d'Orvault… Et moi-même, je visite, chaque année, en compagnie de ma femme et de mes deux enfants, les musées de France et d'Italie… Non, non, non, le problème, il est ailleurs ! À une époque où la France se droitise, s'extrême droitise, l'urgence, c'est de conscientiser les élèves, de contrer, par tous les moyens, la montée des forces réactionnaires, sinon, je peux te le dire, non seulement il n'y aura plus de statuette khmère, mais il n'y aura plus d'art du tout, plus de musées, ni de culture ! » Le visage de Nicole Lefèvre se recomposa, la panique quitta son regard, ses joues se décrispèrent : « Je suis d'accord avec M. Prévost : il y a des priorités. En d'autres temps, on aurait pu se passer de cette vente, pas aujourd'hui. »

Pierre Renoir disconvint que l'éducation des lycéens se réduisît à un embrigadement politique, et qu'elle fût liée à la commercialisation de l'apsara.

On se quitta mécontents. Dandonneau avait trouvé un acquéreur : c'était foutu ! Son client l'avait averti, il désirait l'acheter tout de suite, il n'attendrait pas plus longtemps.

La mère d'élève prit un air accablé, elle ne se remettait pas du fait qu'un prof *à qui on confiait des enfants* soutînt des positions contraires à la morale. Pour Patrick Prévost, Renoir était un provocateur qui cherchait à se faire remarquer, à se distinguer du commun.

Le lendemain, on sut très vite, au lycée, l'insuccès patent de l'Ethico3000. Claude Pousseur ne triompha pas, c'était inutile : tous reconnaissaient sa lucidité, il n'avait qu'à laisser dire, sans appuyer. Il prétendit même qu'il avait cru, un temps, à une possible guérison : il n'était pas seulement ce génie qu'admirait Colette, c'était aussi un homme, avec ses doutes et ses faiblesses.

10

On était revenu au point de départ. L'amertume en plus, ce qui modifiait ce point de départ. L'édifice s'était écroulé, tout était à recommencer. Jenny Bigot, révoltée, avait écrit une lettre assassine au laboratoire pharmaceutique qui commercialisait Ethico3000 : elle l'accusait d'escroquerie et de malhonnêteté ; sous couvert de moralisation, on volait le bien des pauvres gens ! À cette époque, elle se rapprocha des courants anticapitalistes les plus virulents du lycée et distribua des tracts à la sortie des usines.

Lors d'une réunion, une semaine plus tard, les troupes avaient la gueule de bois. Sauf Claude Pousseur qui, en général d'armée, ne lésinait pas sur le mot réconfortant ni sur la petite tape sur l'épaule. Il y aurait d'autres solutions, d'autres approches.

Patrick Prévost éveilla l'intérêt général en suggérant d'intenter un procès au laboratoire pharmaceutique : l'opinion publique serait ainsi avertie des méfaits du produit et, « cerise sur le gâteau ! », le lycée récolterait une compensation financière qu'on allouerait à la création de l'atelier-citoyen. L'idée, il faut bien le dire, était géniale. Christophe et Jenny imaginaient déjà les caméras du monde entier suivant le procès, ils se voyaient défiler, le poing levé, sur les écrans des journaux télévisés. On évoquait même, mezza-voce, la possibilité de s'octroyer, pour soi, une partie de l'argent dûment gagné, on imaginait des vacances en Patagonie et des hôtels cinq étoiles.

Bruno, vexé qu'on raillât l'échec de l'Ethico3000, tenait à ce qu'on expérimentât, une seconde fois, l'efficacité du médicament : « Avant de se jeter dans une longue bataille juridique, expliquait-il, il faut que l'on soit sûr de la faillite du traitement. » Les premières réactions furent négatives, personne ne désirait attendre ; mais le doute était semé, on commença à craindre un succès des laboratoires pharmaceutiques, synonyme de réparations financières. Jenny Bigot souhaitait ne pas donner un centime à ces grands groupes industriels, bardés « d'avocats véreux ». Le reste des justiciers lui emboîtèrent le pas : on voulait bien combattre l'hydre capitaliste, à condition de ne pas perdre d'argent. « Point barre. »

Léo Belin se proposa tout de suite pour suivre le traitement. Il était jeune, sans enfants, et très concerné par l'atelier-citoyen. On lui serra chaleureusement la main ; lui se contentait de sourire, de toute façon, il n'y avait rien à craindre. Mais un seul cobaye, selon Jenny, n'était pas suffisant, elle avait un crédit sur le dos et son mari pointait au chômage. Elle ne pouvait pas se permettre de rater le procès. C'est alors qu'une voix s'éleva parmi les séditieux : « *Moi*, je vais suivre, avec Léo, le traitement médicamenteux... » Colette raconta, par la suite, que des poils s'étaient dressés sur ses avant-bras, des poils de frisson, car cette voix, humble et virile, qui avait fendu l'air, était celle de Claude Pousseur ! Les protestations ne tardèrent pas : « Mais Claude, pas toi ! Voyons, tu es le meilleur d'entre nous, une incarnation de la vertu... » Colette n'imaginait pas qu'on pût mesurer des progrès moraux sur une personne qui, par ses actes, n'avait jamais souillé la dignité humaine : « Écoute, Claude, si Ethico3000 fait de l'effet, on sera obligé de te canoniser ! Et encore, il faudrait que ce soit une canonisation laïque, car celle des chrétiens, c'est de la rigolade, quand on pense à l'Inquisition et au pape qui refuse de promouvoir la capote ! » Pousseur approuva ce point, mais récusa l'idée de sa canonisation : « Jadis peut-être... quand j'étais plus jeune... Pas aujourd'hui...

— Que racontes-tu, s'indigna Christophe, tu es un modèle pour nous !

— Non, j'ai failli... Je me suis trompé...

— Je n'arrive pas à le croire, protesta Jenny.

— C'est pourtant la triste vérité... J'ai commis une faute morale... Oh, certes, j'ai agi en pensant au Bien, pour le Bien. Mais quand même... Écoutez : j'ai téléphoné à Yannick, le mari de Suzanne, pour lui révéler la liaison de sa femme avec un autre homme... Et depuis, ils sont en instance de divorce, et leurs enfants sont traumatisés...

— Ce n'est que ça ? s'écria Jenny... Mais tu as bien fait ! Certes, ce n'est jamais agréable de dénoncer les gens derrière leur dos... Cela dit, quelquefois, la morale l'exige ! Pendant l'Occupation, si on apprenait qu'un collabo allait livrer des innocents à la Gestapo, il fallait bien avertir la Résistance pour l'empêcher de nuire... Au fond, ta dénonciation, c'est un sacrifice, tu as pris sur ton dos le mauvais rôle pour nous épargner de le jouer !

— Sans doute... Je sais que j'ai eu raison... Mais d'avoir eu raison ne m'empêche pas de souffrir de cette délation... »

Et cette souffrance, Pousseur en portait les stigmates sur le visage, la commissure de ses lèvres pointait vers le bas et ses yeux erraient, absents, à la recherche d'une réponse. Il arborait ce masque tragique en toute circonstance, même en dehors du cercle des conspirateurs. Les élèves, moins experts en herméneutique que Colette Pelletier, crurent qu'il avait une gastro l'obligeant à resserrer courageusement ses sphincters pendant les cours. Il ne retrouva une mine moins dolente qu'en apprenant la rumeur qui courait à son sujet.

Bien que la notice conseillât d'avaler une gélule trois jours de suite, les deux cobayes décidèrent d'administrer le traitement de l'Ethico3000 en une seule prise. Il fallait être naïf comme Bruno pour imaginer que la chimie prescrivait la morale. Pourquoi était-on meilleur qu'un autre, plus juste, plus poreux à la détresse des classes populaires ? À cette question, Pousseur répondait, invariablement, qu'il n'en savait rien, il était né ainsi, le cœur compatissant et l'esprit concerné par les grands enjeux politiques : « Au fond, je n'ai aucun mérite, je n'ai rien fait pour devenir cet être sensible, trop sensible que je suis. » La seule chose qui l'embêtait dans cette explication était, qu'en toute logique, les scélérats, de façon symétrique, ne pourraient plus être rendus responsables de leur bassesse, et, dès lors, pourquoi les haïr ? Or, Pousseur aimait haïr les méchants, il en ressentait un profond contentement. Colette ne s'embarrassait pas de ce qu'elle appelait les « délicatesses de Claude », à ses yeux, les salauds l'étaient volontairement et librement et les gentils, libres ou pas, méritaient l'admiration de tous. « Point barre ! »

Les deux premiers jours, après l'absorption du médicament, Léo Belin multiplia les facéties, il prétendit, notamment, avoir rejoint la compagnie des jésuites, puis que la Vierge Marie, dans un halo de lumière, avait débarqué dans sa salle de bains, au moment même où, nu comme un ver, il prenait une douche. Pousseur s'amusait de l'impertinence de la jeunesse, sans renchérir sur elle ; il avait vieilli, le rôle du vieux sage, indulgent à des outrances qui jadis auraient pu être les siennes, le tentait davantage.

Le troisième jour, on ne remarqua aucun changement.

Nadège, en fin de journée, se plaisait à prendre un café chez Bruno, comme elle en avait l'habitude en début d'année, avant que sa « proposition » (ainsi qu'elle nommait le retrait de sa chemise) ne fût pas « validée » par ledit Bruno (elle s'en plaignait encore certains soirs au téléphone, à l'oreille complaisante de Véronique). Le plus souvent, elle cultivait une théorie sur les charmes de l'amitié entre un homme et une femme (toujours devant Véro qui, pour sa part, développait une doctrine moins pacifique sur l'immaturité masculine) ; Bruno ne pensait rien de précis à ce sujet. Quand, assis en face de Nadège, il s'enflammait, nulle autre bûche, dans l'âtre de son cerveau, ne brûlait que celle de la pédagogie.

La statuette occupait une grande part des discussions. Nous étions au mois de mars et rien n'avait bougé. Nadège regrettait qu'on s'obstinât à jouer la carte du procès : le verdict tomberait dans quelques années, à quoi bon perdre ses forces inutilement ? Bruno l'approuvait, mais pour d'autres raisons : il ne doutait pas de l'efficacité du médicament. Si notre cerveau est composé de milliards de neurones, c'est-à-dire des cellules nerveuses matérielles, la chimie doit pouvoir modifier ces zones, qu'elles soient cognitives ou morales. Et puis merde, c'était son idée ! – ça, il ne le disait qu'à son ami Dupinot, la thèse de l'activité neuronale étant réservée à Nadège.

La dissidence, sur ce point, rapprochait Bruno et Nadège, comme s'ils eussent habité une province secrète au sein des régions de la contestation. Ils n'osaient révéler leur scepticisme à Jenny Bigot et à Patrick Prévost.

Les jours passaient et aucun symptôme d'amélioration morale ne se déclarait ; Léo et Claude, déjà bien pourvus en ce domaine, restaient eux-mêmes. Mieux, par jeu, Léo mit à son programme des textes de Céline et Drieu La Rochelle. Pousseur l'imita malicieusement, à sa façon, en étudiant des extraits d'*Un amour de Swann,* roman qu'il avait toujours considéré comme le fruit pourri de la haute bourgeoisie décadente, comme toute l'œuvre de Proust. Par plaisanterie, Jenny soutint qu'en réalité l'Ethico3000 avait pour vertu de « rendre les gens beaucoup plus chiants », car Proust et Céline, elle n'hésitait pas à le dire, l'avaient « toujours emmerdée ! ». La présence, dans le discours de Jenny, du champ lexical de la merde (chiant, se faire chier, s'emmerder, chieur) équivalait aux occurrences du lexique de « l'ennui » et du « spleen » dans l'œuvre de Baudelaire.

Même si, derrière la colline du printemps, on apercevait les rives de l'été, du repos et du farniente, le mois de mars, par nature belliqueux, envenimait les esprits, la lassitude gagnait du terrain. Beaucoup d'élèves s'ennuyaient et bavardaient, les cours avançaient plus difficilement, plus lentement, comme des paquebots que ralentissent les blocs de glace de l'Antarctique. Il n'était pas rare que deux professeurs se disputassent, dans la salle des professeurs ou sur le parking du lycée. Si Bruno et Nadège taisaient leur dissidence, il n'en restait pas moins qu'une atmosphère électrique imprégnait les sensibilités : le retard des opérations pesait sur les consciences, les biles s'échauffaient secrètement, avant d'éclater bientôt au grand jour.

Jenny qui, auprès de Pousseur, se désolait, un vendredi soir, que Léo discutât de plus en plus avec Pierre Renoir, se vit répondre, sans qu'aucun humour n'atténuât son propos : « Il fait bien ce qu'il veut ! », assertion que Christophe jugea désobligeante, indigne de celui que tous révéraient. La statue du commandeur se fendilla, pas assez, cependant, pour qu'elle cessât de faire de l'ombre à la caste de ses admirateurs, lesquels entrevoyaient, tout de même, la fin de la servilité, fin encore lointaine et qu'un autre assujettissement supplanterait, puisque le besoin de soumission est, pour certains, une nécessité vitale.

La perfidie, songea Nadège, n'a pas de limites : Christophe Tessier prétendit qu'il avait aperçu Claude Pousseur sortant d'une librairie nantaise, classée à droite, voire à l'extrême droite. Colette Pelletier moucha promptement le CPE en lui rappelant que, l'an passé, ce dernier n'avait pas participé à la grève pour la revalorisation des salaires. Christophe eut beau prétexter que son statut professionnel l'obligeait à ne pas quitter son poste, Colette ne voulut rien entendre.

Le groupe des conjurés frôlait la dissolution. Bruno eut l'idée de resserrer les rangs en organisant une réunion exceptionnelle, un mardi soir, après les cours. Tous vinrent, sauf Léo Belin et Claude Pousseur. C'est pourquoi la réconciliation de Christophe avec Colette, sur l'autel des pistaches, ne suffit pas à rassurer le parti des anti-Menaka. Si une mauvaise grippe expliquait l'absence des deux sympathiques cobayes – Nadège le tenait du proviseur lui-même –, Colette ne se tenait pas pour satisfaite : ils n'avaient pas daigné excuser leur défection.

Trois jours plus tard, Pousseur était de retour : il avait troqué sa veste de velours côtelé pour un treillis de l'armée et remplacé ses mocassins par de luisantes et viriles Doc Martens. Plus surprenant encore, son crâne était rasé ! Il ressemblait à s'y méprendre à une petite frappe d'extrême droite. D'ailleurs, il ne s'en cachait pas : il vomissait les gauchistes et crachait sur le pouvoir socialiste, les bobos et le politiquement correct. Quant à Léo Belin, tête rasée, rien ne le dégoûtait plus, à l'en croire, que l'esprit d'avachissement de mai 1968.

L'Ethico3000 les avait transformés. Bruno, sur ce point, était content.

11

La confusion des esprits fut grande.

Il régnait un désordre comparable à celui qui suit l'explosion d'une bombe dans un lieu public, on essaie de se réorganiser dans l'urgence, tant bien que mal, en sauvant qui peut l'être, au milieu de la fumée, des cris et des sirènes de pompiers.

Il y eut des disputes, des confidences, des démissions. Chacun proposait une explication. Les optimistes espéraient que Belin et Pousseur revinssent rapidement à la raison ; les pessimistes les croyaient perdus à jamais. On se querellait sur la cause et sur les remèdes. Christophe Tessier, partisan d'un « dialogue constructif » avec les âmes perdues, reçut une volée de bois vert, Pousseur le traita de « sale pédé » et Belin l'accusa d'être « une petite pute au service de la bourgeoisie enjuivée ». C'est peu dire qu'on ne reconnaissait plus les amis d'autrefois !

Que s'était-il passé ? Tous incriminaient, bien sûr, l'Ethico3000 ; les interprétations s'opposaient néanmoins : Colette Pelletier accusait la prise du médicament, *en une seule fois*, entorse dramatique à la posologie, qui aurait eu l'effet inverse à celui attendu : une dé-moralisation du patient. Mais, un jeune professeur d'anglais, Loïc Péchin, convaincu de l'efficacité du médicament, s'inscrivit, la semaine suivante, au Rassemblement

National : la science avait tranché en faveur des partis de la droite extrême : refuser de rejoindre ce camp naguère abhorré équivalait à se complaire dans l'immoralisme le plus infâme. Pousseur félicita la nouvelle recrue : « Toi, t'as des couilles ! C'est pas comme ce ramassis femelle de gauchistes et de bobos ! »

Il existait des sceptiques, contestant que la prise en une fois du médicament fût responsable de la métamorphose politique des deux professeurs : Patrick Prévost rappelait que la posologie recommandait d'administrer le médicament sur trois jours, mais qu'elle n'interdisait pas une prise unique ; en outre, puisque aucun effet n'avait été observé sur Renoir et Masson, pourquoi, soudainement, un traitement douteux se serait-il avéré efficace ? Et si Pousseur et Belin, depuis longtemps, avaient trompé tout leur petit monde ? Pourquoi avaient-ils insisté pour avaler les gélules moralisatrices, si ce n'est pour tomber les masques ? Des souvenirs troublants lui revinrent à la mémoire : Pousseur chantonnant du Sardou, lors d'une soirée du mois de juin. Ou bien Belin, claironnant son admiration pour le *Soumission* de Michel Houellebecq ? Et ce même Belin modérant les attaques que lui, Prévost, adressait à Finkielkraut, allant jusqu'à contester qu'il fallût sur-le-champ écrouer le philosophe ; il l'entendait encore prendre sa défense, d'une voix mielleuse : « Certes, je suis d'accord avec toi, Patrick, Finkielkraut est un salaud de réactionnaire, mais de là à le considérer comme un beauf raciste, c'est peut-être trop ? »

Un autre accident, moins spectaculaire, mais inattendu, occupait les conversations : ni Masson ni Renoir ne sympathisaient avec les duettistes d'extrême droite. Bruno entendit même le prof de lettres regretter le Pousseur d'autrefois, « moins vulgaire que la brute épaisse » qu'il était devenu, et à l'en croire, ce n'était pas peu dire : « Si le Pousseur d'avant écœurait par sa bonne conscience, celui d'aujourd'hui est répugnant de grossièreté. » C'était à n'y rien comprendre.

Un seul point réconfortait les esprits : le procès qu'on était sûr de remporter contre les consortiums pharmaceutiques, même si, cette fois, ce ne serait pas en raison de l'inefficacité de l'Ethico3000, mais à cause de sa dangerosité.

Si l'on exceptait Nadège, tous les conjurés en voulaient à Bruno : il connut une nouvelle traversée du désert. Sans lui, disait-on, Pousseur serait resté Pousseur. Jenny, quand elle songeait à la grandeur passée de Claude Pousseur, à sa droiture et à son sens de la justice, fondait en larmes, elle aurait été capable de tuer Bruno – peut-être pour oublier sa responsabilité dans cette tragédie, puisque c'était elle qui avait insisté pour intenter un procès aux laboratoires, et qui plus est, avait exigé qu'ils fussent deux à s'administrer le traitement. Colette tenait à ce qu'on ne rappelât pas cet épisode à la pauvre Jenny, de peur qu'elle ne mît fin à ses jours.

Bruno concentrait sur sa personne le ressentiment général. Son monde s'était écroulé, il n'en restait que gravats et pans de murs debout, au milieu de la ferraille, des lits sans toits, des salles de bains à ciel ouvert, des meubles fracassés et des poupées enduites de salpêtre. Il avait toujours voulu bien faire, aider les élèves, travailler pour améliorer la vie des hommes ; et il était devenu un paria, ou peu s'en fallait. Nadège tentait de le réconforter, le soir, en s'arrêtant chez lui, car elle craignait de lui adresser la parole devant les collègues : il valait mieux qu'elle dissimulât sa complicité de façon à combattre pied à pied les adversaires de Bruno. Enfin, c'est ce qu'elle lui expliquait…

Pierre Renoir était le seul qui, dans la salle des profs, ne détournait pas le regard quand Bruno essayait d'entamer une conversation, le seul qui allait vers lui, quand tous les autres le fuyaient comme on s'éloigne d'un rat, d'un lépreux ou d'un clochard puant la vinasse. Pour la première fois de sa vie, Bruno ne pensait plus rien.

Ne pensant plus rien, il en vint à se demander pourquoi chacun pensait ce qu'il pensait, pourquoi personne ne doutait, ou presque, d'avoir raison : penser, c'est penser qu'on a raison. Revenant sur la vision du monde qui avait toujours été la sienne, il chercha à savoir d'où elle lui était venue : l'avait-il construite, patiemment, en s'assurant, à chaque étape, de la solidité de la construction ? Non, il s'était trouvé riche d'une pensée sur le monde, la société, la vie, sans savoir exactement comment ces concepts s'étaient développés. Et s'il en allait de même pour tous les individus ? Et si personne n'était en mesure de rendre compte de ses propres pensées ? Cette idée l'effraya. On se retrouvait peu à peu possesseur d'une vision des choses qu'on croyait être sienne, alors qu'on s'imbibait d'idées qui traînaient dans l'air, dans sa classe sociale, dans son époque, au milieu des copains, de la famille, à travers les émissions de radio ou de télévision. Pierre Renoir, en citant Spinoza, aimait à se moquer des « connaissances par ouï-dire », celles qu'on reçoit au berceau, puis qu'on vous prodigue tout au long de votre vie, et qu'on prend pour argent comptant. « On croit s'en défaire, dans le meilleur des cas, à l'adolescence, en étudiant des philosophes ou les sciences positives, mais les plus lucides n'échappent pas au reproche du mécanisme inconscient de la pensée ! « De sorte que, concluait Renoir, personne ne pense vraiment par lui-même. » Certes, Renoir tempérait son pessimisme par une théorie du « palier », tous n'étaient pas englués au même degré dans la non-pensée collective, mais aucun individu, pourtant, ne pouvait s'enorgueillir de maîtriser de bout en bout sa pensée. Tel était le secret bien caché de l'être humain : alors qu'on le définit comme un être pensant, il ne pense pas, ou très peu ; il répète, il ânonne, il bégaie : il *parle*. Comment a-t-on pu confondre les paroles avec des pensées ?

Cette découverte déprima Bruno. Le doute l'empêcherait dorénavant d'adhérer tout à fait à ce qu'il disait, à ce qu'il croyait, à ce qu'il pensait. Il était en partie sauvé pour les choses de l'âme, et perdu pour tout le reste.

« C'est là l'importance de la vraie littérature, expliqua Renoir, elle nous soustrait à la mélasse du jour, elle nous oblige à voir les choses autrement, ne serait-ce que par son éloignement dans les siècles : lire Montaigne ou Chateaubriand, c'est se confronter à un mode de perception étranger au nôtre, et dès lors c'est perdre de notre superbe, c'est-à-dire de notre connerie. Les livres qui confortent l'esprit du temps sont de l'anti-littérature ! »

12

Les vacances d'avril approchaient ; l'apsara n'était toujours pas vendue. L'amertume, on le conçoit, habitait le cœur des conjurés. Ils avaient perdu leur maître à penser, Claude Pousseur ; un collègue naguère charmant, Léo Belin, s'était mis à les traiter de « pédales » ; Loïc Péchin, de son plein gré, avait rallié la droite extrême et plus personne ne parlait à ce taré de Bruno Giboire.

Les causes manquaient. On avait bien manifesté, dans les rues de Nantes, contre le gel de l'indice des fonctionnaires, mais ce défilé relevait des mœurs nantaises, il se déroulait, chaque année, une semaine après la mi-carême – les grosses têtes en papier mâché et les chars devançant les banderoles et les drapeaux rouges ; en revanche, la saucisse grillée et les chansons participaient aux deux événements.

C'est alors que Colette Pelletier eut l'idée de débaptiser le syntagme « vacances d'avril » en « quatrièmes vacances scolaires », sous prétexte que la référence au mois d'avril célébrait une époque religieuse de l'humanité : on avait eu la peau des « vacances de Pâques », ce n'était pas pour s'inféoder à Aphrodite, la déesse athénienne à qui avril devait son nom ! Plus globalement, Colette rappelait que le calendrier lunaire avait été consacré, en 532, par l'Église de Rome et que s'y soumettre contredisait la laïcité de notre Constitution. Il fallait penser à nouveaux frais un calendrier civil, entièrement débarrassé des miasmes chrétiens. Dans sa rigueur antireligieuse, Colette aurait aimé que la langue française elle-même procédât à un examen de conscience et se délestât de son héritage latin, entaché par les crimes de l'Inquisition.

Malgré son charisme, Colette ne parvint à rallier à sa cause que deux personnes : Jenny Bigot et le cuisinier, Jean-Luc Le Moäl. Elle écrivit un tract qu'elle distribua à la sortie du lycée ; Le Moäl refusa de confectionner la traditionnelle poule en chocolat qui, à la cantine, trônait au-dessus des desserts. La contestation n'alla pas plus loin : la sauce ne prenait pas. Colette, mortifiée, renonça à son combat. Elle y avait pourtant cru, elle s'était vue à l'avant-garde d'une lutte pour le progrès ; son nom serait resté, dans les mémoires, comme celui d'une femme engagée, courageuse, prête à défier les pesanteurs idéologiques de son époque.

Il ne lui resta plus qu'à se plaindre de la droitisation des esprits et de la lente dérive du pays vers les marécages du conservatisme. Elle ne cessa, pendant plusieurs jours, de flageller la mollesse de ses collègues, incapables de quitter leur « petit confort ».

Puis, elle partit en vacances, comme le reste du lycée.

Pour la première fois de l'année, Bruno Giboire accueillit ce repos avec soulagement. La condition de réprouvé le blessait, et les paroles à demi consolatrices de Nadège n'avaient que peu de poids : il est si commode de relativiser une injure qui ne vous est pas adressée ! En ne s'affichant plus à ses côtés, Nadège avait perdu, à ses yeux, tout son crédit : ses paroles amicales et consolantes n'étaient lestées d'aucune contrepartie aurifère, elles flottaient dans le vent, comme les billets d'une monnaie de singe échappés d'un Monopoly.

Il fréquenta les amis d'autrefois ; le gendarme Dupinot, par exemple. Pour certains professeurs, les métiers d'armes – policiers et soldats – n'avaient pas d'autres mobiles que de recycler les brutes et les fascistes du pays. Bruno, lâchement, ne s'était pas vanté de son amitié pour Dupinot. Cependant, ce dernier ne fut pas d'un grand réconfort pour la raison qu'il ne comprit rien à son histoire ; il lui conseilla seulement de « sauter Nadège ». Or

Giboire ne le souhaitait pas, et malgré l'estime qu'il accordait à sa collègue – n'oublions pas qu'elle écrivait dans la *Revue pédagogique* –, aucun projet de ce genre ne l'effleurait (d'autant qu'il souffrait de son chiche et honteux soutien).

Pour la première fois de sa vie, il se mit à lire, sans cours à préparer, sans que le désir de distinction ne gouvernât ses choix ; il lut par nécessité intérieure, par désespoir, pour sauver sa peau. Alors *Matin brun* lui tomba des mains ; il avait l'impression d'entendre ses collègues du lycée, ceux qui le bannissaient bêtement de leurs cercles ; en revanche, il s'enfonça dans Baudelaire, Rimbaud, Thomas Bernhard ou Edgar Poe. Sa détresse prenait une autre dimension, plus absolue, sans rémission ; et, étrangement, la perte le fortifiait, le grandissait ; il souffrait plus, il souffrait moins. Un feu exquis le dévorait.

Quand il reçut, dans sa boîte à lettres, le numéro 253 de la *Revue Pédagogique*, il n'ouvrit pas le magazine, malgré un article prometteur sur la *transposition didactique* ; quant aux copies, elles ne sortirent même pas du cartable. Il se promena dans les rues de Nantes, par simple plaisir de flâner, de paresser, de remonter la rue Crébillon ou de s'asseoir à une terrasse d'un des cafés de la place Graslin ou de la rue Scribe. Les librairies nantaises accueillirent le paria plusieurs après-midi, il se plaisait à feuilleter des romans et des essais, à flairer, en lisant quelques phrases, le livre qui creuserait son désarroi jusqu'à l'extase.

Alors qu'il musardait, les mains dans les poches, sous les verrières du passage Pommeraye, une jeune femme, très belle, aux cheveux blonds ramassés dans un chignon, l'aborda timidement : elle avait enseigné l'italien deux mois au lycée Malraux, avant que le professeur titulaire ne reprît son poste ; depuis, elle était au chômage. Bruno se rappela soudain cette jeune collègue, il lui avait prêté les clefs d'une salle de cours, peut-être même avait-il plaisanté avec elle, à cette occasion.

Désœuvrés l'un et l'autre, ils arpentèrent les rues de la ville, du théâtre jusqu'à la cathédrale, du cours Saint-Pierre jusqu'aux rives de l'Erdre, où des péniches reconverties en cafés supportaient, sur leur pont, des tables en fer forgé.

Quelques semaines plus tôt, Bruno aurait entretenu Agnès Brunelli des joies de la pédagogie, il aurait cité des noms d'élèves et de professeurs, comme si le lycée Malraux renfermait tout l'intérêt de l'univers. Ce jour, il n'y pensa même pas. On aurait dit qu'il découvrait la vie, titubante et sans raison, un rêve d'ivrogne, un pêle-mêle qui vous sautait à la gorge et qu'on ne pouvait éviter. Pourtant, il l'avait évitée depuis l'enfance, et presque tous fuyaient sa démence en s'abritant derrière des projets et des positions sociales. Il n'avait même pas envie de séduire celle qui, comme lui, ne nourrissait pas de grandes ambitions, pas même celle d'améliorer le monde. Ils se parlaient peu, se contentant de marcher, l'un à côté de l'autre, dans les rues piétonnes du quartier Bouffay ou sur les coursives du château des Ducs de Bretagne. Quand ils quittaient le silence, c'était pour remarquer une fenêtre, un pilastre, une silhouette ; parfois, Agnès citait un poète ou un philosophe.

Ils se virent trois fois pendant les vacances. Agnès aida Bruno à déserter le camp des généreux, des valets du Bien et des Narcisse de l'engagement. Plus il lisait et plus Bruno revenait à lui-même, au réel, au rien. Ces deux sources – Agnès et la littérature – purifiaient sa volonté maladive d'être utile aux autres, de créer du lien social, de raccommoder les déchirures collectives.

Il rechutait quelquefois, le désir d'aider son prochain ou de corriger une copie le reprenait, comme un égarement passager. Agnès lui avait conseillé, pour lutter contre la tentation du bien, d'ouvrir un essai de Nietzsche ou de Leopardi. Il les lisait : une grimace se dessinait d'abord sur son visage, pareille à celle qui déformait sa bouche quand sa mère lui tendait une cuillerée d'huile de foie de morue ; puis le traitement calmait ses ardeurs charitables, il se sentait beaucoup mieux, débarrassé de la croyance morbide d'avoir quelque chose à apporter aux autres – quand la seule offrande qui importait était de les laisser à leur solitude.

Il n'atteindrait jamais l'admirable égoïsme d'Agnès – le gueux, en lui, l'avait trop longtemps gouverné –, mais il s'en approchait. La littérature n'était plus une autre façon d'être un citoyen, mais un art de la damnation, qu'aucune école ne devrait enseigner.

Sans Agnès à ses côtés, l'exil infligé par ses amis du lycée n'aurait peut-être pas suffi à le purifier du Nombre et de la prostitution fraternelle. Son redressement moral aurait connu, à la moindre main tendue vers lui, l'avachissement dans la chaleur humaine. Il aurait pardonné ; pis, il aurait peut-être renié ses divagations littéraires, les attribuant à une crise existentielle, « un coup de mou ». Il aurait quitté le camp des solitaires pour celui des hommes actifs et solidaires. Mais Agnès veillait ; comme certaines jolies filles, elle avait, très tôt, perdu ses illusions sur l'amour, et, à vingt-huit ans, elle regardait d'un œil désabusé la théorie des mâles qui minaudaient devant ses charmes ; elle avait appris à discerner les sourires et les paroles mielleuses, les rodomontades viriles et les roucoulades intellectuelles, à identifier les compliments pleins d'espoirs libidineux. Elle avait beaucoup couché ; puis elle s'était lassée. Les hommes beaux ne l'impressionnaient plus, et, à l'âge où les jeunes hommes regardaient les belles femmes comme des demi-déesses, elle considérait froidement les beaux ténébreux sans l'excitation que le moindre d'entre eux générait chez les autres femmes de sa date.

Son père, un professeur de droit à l'université de Bologne, avait séduit sa mère, étudiante française, par son prestige de mâle dominant, bien vêtu, doté d'un accent qu'elle jugeait « adorable ». Leur union s'était défaite cinq ans plus tard. Revenues en France, la mère et la petite Agnès avaient connu un déclassement social : la grande maison bolognaise, aux vingt-deux fenêtres, avait été remplacée par un appartement décati, avec une salle de bains où le papier peint moisissait dans les coins et un balcon regardant d'autres immeubles sans grâce ; aux soirées où l'on recevait la haute bourgeoisie italienne, sur une large terrasse qui dominait la ville, avaient succédé les repas devant des émissions de téléréalité, le samedi soir. Agnès ne revit jamais son père, mais grandit dans une cité HLM de La Celle-Saint-Cloud, entre la nostalgie de sa patrie native et les difficultés de la pauvreté. Sa beauté, dès l'adolescence, l'extirpa de son milieu populaire, d'autant plus facilement que sa mère lui avait appris les manières bourgeoises. Les garçons de prestigieuses écoles de commerce n'en revenaient pas de tomber sur ce spécimen de perfection féminine établie dans une banlieue décriée ; ils calculaient promptement l'avantage qu'ils pouvaient tirer de leur désinvolture économique pour conquérir la jeune femme. Au jeu du tel est pris qui croyait prendre, ils perdirent tous ; Agnès se servit d'eux comme de marchepieds. Et puis, on l'a dit, elle se lassa. Bruno n'en sut pas davantage. En réalité, elle avait apprécié, lui avoua-t-elle, qu'il ne cherchât pas à la draguer : « C'est comme si tu ne me voyais pas. » Peu accoutumée à ce manque d'attention, elle en fut déroutée, c'est pourquoi, le croisant passage Pommeraye, elle lui avait adressé la parole. Depuis trois ans, elle travaillait par intermittence dans des lycées, pour survivre ; se donnant tout entière, le reste du temps, à l'écriture de dialogues philosophiques, de récits sur son enfance, sur l'Italie, Pasolini ou Pavese. Surprise par ce professeur de lettres qui semblait découvrir les poisons de la littérature, elle résolut de lui infuser une dose létale de désolation, pour le sauver de ses passions philanthropiques. Elle exécrait les clans, les cliques, les guildes, les partis, les rassemblements, les groupes, les troupes, les comités, fussent-ils de deux membres, eussent-ils raison. Vivre, c'est vivre seul ; le reste était de la mauvaise littérature.

13

Les cours reprirent. Il restait sept semaines avant les épreuves du bac. Jenny Bigot, toute bronzée, s'inquiéta des vacances de Bruno : « T'es allé où ? T'as la peau blanche comme des fesses ! » Elle-même revenait de la Martinique, « une île paradisiaque », elle lui raconta, avec humour (du moins c'est ce qu'elle pensait), son voyage en la compagnie d'un couple d'amis – son mari, toujours chômeur, était resté à la maison, pour garder le chien.

On ne tournait plus le dos à Giboire ; certains osaient même lui parler ouvertement. Nadège en profita pour s'asseoir à la cantine, en face de lui, sans craindre le regard des autres. De toute façon, le motif de la proscription avait été oublié quelque part entre les après-midi culturelles, les séjours à la neige et les p'tits restos sympas.

Les cheveux de Léo Belin repoussaient, il ne portait plus de treillis, mais d'éclatantes chemises blanches, des cravates à pois ou à rayures, un costume bien coupé. Loin de maudire les petits-bourgeois, il défendait la valeur-travail, les heures supplémentaires, l'entreprise, le Cac 40 ; et – ultime reliquat de ses vindictes pré-pascales – il blâmait sans pitié « les assistés qui profitaient du système ». Bref, il avait rejoint la droite libérale. De nombreux professeurs ne l'en rejetaient pas moins, refusant de distinguer ce qui séparait un facho d'extrême droite d'un ventre mou du centre droit ; d'autres, néanmoins, estimèrent que les effets du traitement s'estompaient : bientôt, Léo Belin retrouverait l'état naturel de l'être humain bien portant, aux facultés cognitives saines et équilibrées, c'est-à-dire, l'extrême gauche.

Hélas, Claude Pousseur, tête rasée, continuait de vomir les gauchistes, les Noirs, les Arabes et les Juifs. S'il s'était contenté d'outrager la dernière catégorie citée, on aurait pu le réintégrer dans le clan des « gens bien », soutenant la cause palestinienne ; Patrick Prévost faillit, le premier jour, crier à la guérison quand il entendit Pousseur, dans la salle des profs, s'en prendre à « l'État fasciste d'Israël ». Cependant, le même crachait à la gueule des « petites pédales de la France Insoumise ». Il fallut déchanter.

La seule métamorphose – mais personne ne la perçut – concernait Bruno : en apparence, tout était rentré dans l'ordre, on lui parlait volontiers : Nadège lui proposa d'écrire un article pour la *Revue pédagogique* et on l'invita à une soirée chez Patrick ; mais ce qui aurait dû le réjouir le laissait indifférent. Oh, il dispensait toujours ses cours sérieusement, discutait avec ses collègues, conseillait des élèves, corrigeait des copies ; nonobstant, il s'en foutait. Jusqu'à ce jour, il avait appartenu à la race des chanceux, contents de travailler, confiants en l'humanité. Il intégrait, à présent, la cohorte des infortunés, obligés de jouer un rôle alors qu'ils ne croient plus à rien.

S'il lui arrivait encore de s'emballer pour un projet éducatif, une sortie scolaire ou une réunion pédagogique, il pensait aussitôt à Agnès : il ne se voyait pas lui avouer une telle infamie, elle se serait moquée de lui, de sa naïveté, de son incurable besoin de servitude. Il lui arrivait ce phénomène que chacun, un jour, a expérimenté : revoir un film adoré à l'adolescence sans comprendre la passion de jadis ; séjourner en s'embêtant dans une ville dont les avenues et les parcs autrefois nous enchantaient ; et, plus cruellement, s'ennuyer en la présence d'une femme jadis aimée.

Cette indifférence l'effraya ; il est cependant de l'essence de l'indifférence de tout contaminer ; l'effroi n'échappa pas longtemps à son empire.

L'indolence n'avait pas que des mauvais côtés : il ne risquait plus de souffrir des excommunications, ni même de l'effronterie des élèves ; tout prenait les couleurs d'une comédie, plate et indigente, mais comédie quand même.

Au fond, son sort ne le mécontentait pas ; une seule chose le tracassait : Agnès ne le visitait plus chez lui, elle semblait inabordable, toujours occupée ailleurs. L'occupation, pour elle, ce pouvait être la lecture d'un écrivain : elle lui avait confié qu'elle renonçait à des invitations parce qu'elle préférait passer la soirée avec Stendhal ou Valéry. Sur le coup, cette répartie l'avait bluffé, il en avait admiré le panache. Désormais, il se demandait s'il n'appartenait pas, aux yeux d'icelle, à la tourbe des crétins. Après tout – il commençait seulement à le comprendre –, il avait dû lui paraître bien falot !

Le regard qu'il portait sur lui, là encore, avait changé : lui eût-on reproché, un mois plus tôt, sa superbe, son assurance, sa hardiesse, il serait tombé des nues : « S'il est quelqu'un de modeste et qui manque de confiance en soi, qui tâtonne et qui cherche, aurait-il répliqué, c'est bien moi ! » ; or, à présent qu'il ne se passionnait plus pour sa carrière ni pour les réformes scolaires, qu'en un mot on l'avait vidé de sa substance, comme on éviscère un lapin, il prenait conscience à quel point, en réalité, il avait toute sa vie cru en lui, jamais douté de son importance, et, tout compte fait, frayé avec la suffisance. Dorénavant, il retombait dans les masses anonymes, pas pire, pas mieux qu'un autre. Il avait intériorisé ce qu'il subodorait être le jugement d'Agnès sur sa personne. Il le ratifiait. Et sans doute le balancier, pour le coup, l'avait projeté trop loin ; mais la chute est la condition de la résurrection.

Deux semaines après la reprise des cours, Léo Belin tenta de relancer la vente de l'apsara, car, en libéral accompli, il trouvait scandaleux de ne pas profiter d'une manne financière qui moderniserait le lycée Malraux en le dotant d'ordinateurs et de logiciels, propices à la création d'une start-up qu'il comptait mettre sur pied. On fit semblant de ne pas relever les désaccords « politiques » du projet libéral de Belin : le groupe – moins

Pousseur – se reforma au complet. Bruno y participa, par faiblesse, par soumission aux conventions : expliquer pourquoi la vente de Menaka ne l'intéressait plus aurait exigé trop d'énergie. Feindre était plus simple. La dépression guettait.

Léo, chemise à rayures verticales, manches retroussées et lunettes de yuppie, incita à passer à la « vitesse supérieure », à positionner la statue dans une stratégie gagnante, mettre en place un « benchmarking efficace ». Le lycée souffrait d'une image poussiéreuse, or, c'était complètement dingue, car ne le fréquentaient que des jeunes en phase avec les nouvelles technologies. La page Facebook n'était pas suffisante, elle « ronronnait ». Apparut sur le PowerPoint le dessin d'un lycée moderne : un bloc de verre sous des conifères, tout le monde souriait, des professeurs aux élèves, en passant par les femmes de ménage, heureuses de lessiver les parquets. Léo y croyait. Il avait toujours été d'un optimisme sans faille, mais con à ce point-là, c'était nouveau. Néanmoins, on reconnut, avec enthousiasme, la force d'innovation de ses propositions : site internet, flyers, recherche de sponsors, vidéos sur YouTube, toutes les ressources du numérique contribuèrent à « donner de la visibilité au projet ». Pour l'occasion, Dandonneau n'hésita pas à poser, à côté de l'apsara, dans une atmosphère érotique de club échangiste. Quelques parents se plaignirent ; les autres apprécièrent le clin d'œil, « un peu d'humour, quoi », « on n'est pas coincés », « on est au vingt et unième siècle après tout ».

Un soir, Bruno reçut un appel d'Agnès ; il s'enfuit dans sa chambre pour que Nadège qui partageait avec lui, au même moment, dans son salon, son repas du soir – un bœuf carottes, accompagné d'un vin de Bordeaux –, ne l'entendît pas. Il fut heureux d'entendre sa voix, elle lui confia sa découverte de l'œuvre d'Alphonse Rabbe, un romantique oublié, très sombre, un peu ennuyeux, une âme proche malgré tout. Elle travaillait dans un lycée, à Ancenis ; elle logeait dans une petite chambre, près des murailles du château. Tous les matins, elle ouvrait les volets sur la statue de Joachim Du Bellay qui regardait, au loin, par-delà la Loire, son petit Liré, grimpant à l'assaut des coteaux.

Elle ne savait pas quand elle passerait à Nantes ; elle le préviendrait. Elle raccrocha.

L'appel ne dura que dix minutes. Bruno ne retourna pas tout de suite dans le salon, il s'allongea sur le lit, imaginant les rives sablonneuses de la Loire, balbutiant le célèbre poème de Du Bellay ; ces conversations qui ne menaient nulle part, petites bulles de rien, lui avaient manqué. Il s'assoupit quelques minutes.

Quand il ouvrit la porte, Nadège terminait le plat. Il mentit : « C'était ma mère. » Nadège en profita pour aborder l'un de ses thèmes favoris : ses relations avec ses parents, et, en particulier, avec sa mère. Avant de partir, elle revint sur l'article à écrire pour la *Revue pédagogique*, Bruno devait le terminer pour le 15 juin. Enfin, elle dégringola les escaliers. « Bon débarras ! » songea-t-il.

Bruno écoutait, le matin, sous sa couverture, dans sa chambre, volets clos, le gai sifflement des oiseaux sautillant sur les toits ; éternel retour, à chaque printemps, d'une insouciance qui l'enchantait. Il lui plaisait de croire à l'alacrité de ces chants aviaires, alors que les trilles du passereau, il le savait, sont la manifestation inquiète du mâle sans femelle, le tremblement sonore de la reproduction des espèces.

L'allégresse de la Nature se propageait aussi dans les couloirs et les salles de classe ; tous, professeurs et élèves, avaient remisé les cache-nez, les foulards et les manteaux dans les armoires pour revêtir de plus légères tenues, des jupes et des chemisettes ; on sentait l'air marin des vacances soufflant déjà sur les cahiers et les classeurs. Avant la libération attendue, les épreuves du bac occuperaient cependant toute « la communauté éducative ».

L'opinion publique mordait à l'hameçon du « lycée nouveau », les commentaires sur YouTube s'accumulaient pour regretter qu'on n'eût pas vendu la statue ; un restaurant hindou venait d'ouvrir : Menaka. On en était à la préparation d'un festival de rock et de rap, sur l'île de Nantes, pour pousser à la vente de l'apsara, quand une association féministe, *Le Sublime sexe*, déchira l'harmonie de la contestation : la photographie de la statuette, à côté du proviseur, avait mis la puce à l'oreille des militant·e·s : l'image reproduisait, selon elles, les stéréotypes du machisme le plus vulgaire, à une époque où l'on déconstruisait, dans les écoles, les représentations figées de la masculinité et de la féminité. La présidente de l'association, Irène Bertrand, s'indignait, qui plus est, de la sensualité avilissante de la statue dansant la poitrine nue devant le regard grivois des machistes cambodgiens de l'époque. « À nouveau, expliquait-elle aux journalistes, on se sert d'une femme pour gagner de l'argent, on prostitue ce petit corps de danseuse, dix siècles après que son modèle vivant a très certainement subi les pires outrages de la libido masculine ! » Irène Bertrand s'opposait à la vente de l'apsara, elle souhaitait qu'on l'offrît au « Musée des Femmes », à Paris, pour l'exposer dans la salle consacrée à l'exploitation sexuelle.

Jean-Louis Dandonneau prit de haut l'association, la photo ne pouvait choquer que des puritaines d'un autre temps. La réplique du *Sublime sexe* ne tarda pas : Irène Bertrand publia un article dans *L'Obs* où elle se moquait de « cet homme de Cro-Magnon qui roule des mécaniques en insultant les femmes ! Allez-y, Dandonneau, écrivez que nous sommes des puritaines mal baisées, ce sera plus clair, plus simple, plus à votre niveau préhistorique ».

Une manifestation, le 17 mai, réunit plus d'un millier de participants, brandissant des pancartes vengeresses ; un dessin montrait un Dandonneau très poilu, slip tire-bouchonné sur les chaussures, en train de se masturber sur l'apsara ; ses arcades sourcilières protubérantes l'apparentaient à un gorille.

Les élèves du lycée André Malraux ricanèrent, à part quelques-uns, plus jeunes, que l'animalisation de leur proviseur terrorisa.

Les récriminations féministes bousculèrent les conjurés, un schisme en résulta : d'un côté, les partisans d'Irène Bertrand, avec, à leur tête, Colette Pelletier, et de l'autre, ceux qui désiraient vendre l'apsara – Patrick Prévost en figure de proue. Le différend ne portait pas sur l'abjection de la statue, ça non, tous reconnaissaient la pertinence de l'analyse féministe, mais sur l'attitude à adopter : pour Colette, pas de doute, Menaka devait trôner au musée du féminisme, dans le but pédagogique d'illustrer l'universelle phallocratie. « C'est une question de morale, point barre ! » Patrick marchait sur les œufs de la morale, en veillant à ne pas les écraser, il en revenait avec l'idée que l'Atelier citoyen, plus qu'une statuette dans un musée, combattrait l'ignominie masculine.

Colette, après avoir perdu Pousseur et Giboire, souffrit de cette nouvelle brouille, elle avait vécu de si belles aventures avec Patrick, des combats, des manifs, des victoires ! Et, aujourd'hui, le divorce ! Le clan Patrick n'en menait pas large, il sentait bien que la vraie morale penchait du côté des gens de la Colette. Et le clan Colette, sûr de son bon droit, regardait de haut « les traîtres », « les renégats », « les salopiauds ».

Bruno resta à égale distance des deux clans, en se réfugiant derrière un « je ne sais pas » salvateur. Personne ne songea à lui reprocher sa pusillanimité, chacun étant trop occupé à critiquer la chapelle d'en face. Il se confia, au téléphone, à Agnès : malgré les journaux et les réseaux sociaux, elle n'était pas au courant de l'affaire : « Je me souviens de cette statue, je l'ai vue le jour de mon arrivée au lycée, quand le proviseur m'a reçue dans son bureau. J'étais intriguée par l'étrange beauté de la sculpture. Dandonneau m'a dit qu'il voulait s'en séparer, je n'en avais pas compris la raison. » Bruno n'obtint rien d'autre de son amie. Il n'insista pas. Agnès ne se laissait pas imposer un thème de conversation contre son gré. Et Bruno aimait l'écouter : quel que soit l'objet de sa pensée, qu'il fût un poète oublié du XVIIe siècle ou un romancier inconnu, tout disparaissait devant cet objet, on avait envie de le lire séance tenante, tandis que les passions du jour revêtaient un aspect dérisoire et futile. Cette fois, dès qu'il eut raccroché, rien ne parut plus urgent à Bruno que de trouver, chez un bouquiniste, un recueil de Jean de Sponde, poète baroque de la Renaissance. En réalité, Agnès n'était pas de ce monde. Comme la tangente d'un cercle, elle ne touchait au quotidien que par un seul point, pour s'assurer de quoi vivre.

Colette Pelletier, elle, était de ce monde, et plutôt deux fois qu'une, nom de Dieu ! Pour frapper les esprits, le clan Pelletier envisagea une soirée-performance, où l'on revêtirait le costume de l'apsara, tandis que des cithares et des guitares électriques résonneraient dans la cour intérieure du château des Ducs ; quant aux percussions, elles seraient assurées par des coups de marteau sur une enclume, pour rappeler la fabrication des chaînes de l'esclavage. L'idée enthousiasma tous les conjurés jusqu'au moment où Colette déclara qu'elle danserait elle-même, les seins nus, et les fesses contenues dans une culotte de mousseline. Là, l'exaltation du début déclina d'un seul coup ; on n'osait pas trop s'opposer à la volonté de Colette, on tournait autour du pot, timidement : « C'est une bonne idée, certes, mais tu pourrais attraper froid... » Ce n'était pas ça qui arrêterait Colette, nom d'un petit bonhomme ! « Si l'on craint le froid quand on est une militante, autant rester chez soi à faire de la couture ! »

« Se grimer comme une danseuse, exploitée par le désir masculin, suggéra un prof de SVT, n'est-ce pas faire le jeu de l'ennemi ? » À cet argument, Colette rappela à son interlocuteur qu'il avait approuvé, un quart d'heure plus tôt, ce qu'il remettait en cause à présent : « À ce niveau de vacillation, propose ta candidature pour remplacer la girouette d'une église ! » Christophe Tessier, imprudemment, tenta de raisonner son amie : « Écoute, Colette, te déguiser en Menaka risque d'être contre-productif... Je pense qu'il ne faut pas mettre ta menace à exécution. » Ce fut la dernière fois qu'il parla à Colette Pelletier.

Le projet fut néanmoins abandonné : les autorités préfectorales n'autorisèrent pas le happening ; tout le monde respira. On put alors (un peu hypocritement, il faut l'avouer) regretter que la performance fût annulée, certains prétendirent ne jamais s'en remettre, on voua aux gémonies l'équipe municipale, le coup était rude, la déception immense.

Par bonheur, Irène Bertrand, en personne, participa à un dialogue à Nantes, au *Lieu Unique*, sur « les résistances névrotiques à la théorie du genre » ; trois autres femmes lui donnèrent la réplique, dont Colette Pelletier : en s'asseyant dans son fauteuil, à la droite de l'icône féministe, devant une salle de militantes, le ressentiment qui dévorait Colette depuis une semaine disparut subitement comme une rage de dents s'éteint sous les doigts du dentiste.

Irène Bertrand, très éloquente, déclencha les rires du public en accusant la rusticité du désir masculin : « Il s'agit, pour eux, de dénuder la femme, d'érotiser les seins et les fesses, comme si ces messieurs, n'est-ce pas, n'avaient pas de fesses ? Et comment des mamelles, aux fonctions nourricières, pourraient-elles avoir une charge sexuelle, sinon au motif que l'on a construit, en régime de domination masculine, le corps féminin pour n'être qu'un objet du désir, puis un objet tout court ? L'islam qui voile la femme et l'Occident qui l'érotise reposent, l'un et l'autre, sur l'avilissement d'une partie de l'humanité : la femme est réduite à l'Éros, à ses seins, à son cul ! Dans un cas, on cache, dans l'autre on montre. Avec un seul objectif : la réduire à l'image aliénée de son corps. On la renvoie à la cuisine, à la famille, aux enfants ; et quand l'homme se met à bander, elle doit rappliquer pour la saillie. La statuette cambodgienne témoigne, à travers les siècles, de l'oppression masculine : on dénude la femme, on l'érotise, pour des motifs sexuels et financiers. Au mâle d'Angkor répond le mâle français, ils se tendent la main, par-dessus les mers et les âges, au nom de l'abject asservissement des femmes ! »

Colette buvait du petit-lait. C'était *exactement* ça. Pour sa part, elle n'avait jamais compris que les hommes s'excitassent devant une paire de seins : quand, face à sa psyché, elle titillait ses deux mamelons, elle ne voyait rien d'autre que des excroissances pigmentées, pas plus érotiques que le lobe d'une oreille ou l'auriculaire d'une main. Il fallait vraiment que les hommes fussent des détraqués pour s'en émouvoir. En tournant la tête, elle apercevait ses fesses dans le même miroir, deux demi-sphères blafardes, dégoulinant sur les cuisses, se confondant presque avec elles : rien de beau, rien de voluptueux. Quant à son sexe, elle n'osait même plus l'observer, comme elle le faisait à l'adolescence (avec un miroir de poche) : la belle toison d'autrefois s'était dégarnie, il restait quelques poils gris, moussant autour d'une vulve fatiguée, déprimée par la vie. Pas de quoi susciter le désir. Pour Colette, le discours d'Irène Bertrand confirmait ce qu'elle avait toujours pensé : on a érotisé le corps des femmes pour l'asservir. Point barre.

Elle prit enfin la parole, plus émoustillée que jamais : « La femme n'existe pas, mes ami·e·s, elle est une création du docteur Frankenstein. Nous sommes, par le corps, toutes et tous pareils, hommes et femmes : ce n'est pas le petit ver de terre qui pend entre leurs jambes qui doit autoriser les hommes à se croire différents ! » La salle éclata de rire : quelle femme ! « Aujourd'hui, la créature se rebiffe, elle échappe au tyran, elle s'émancipe ! Nous ne vendrons pas Menaka ! Nous ne participerons pas à la commercialisation du corps féminin ! » Elle se mit debout et tira, d'un coup sec, les deux côtés de sa chemise, sans égard pour les boutons : sa poitrine jaillit, triomphante, comme deux gros sacs de riz : elle la tenait, sa performance ! Trois spectatrices firent de même, une quatrième retira sa culotte : le pouvoir des hommes vacillait.

14

Dandonneau, seul dans son bureau, referma le classeur des sorties scolaires, il tailla un crayon, jeta un œil sur ses mails. Rien d'intéressant. L'après-midi ne passait pas. Il s'ennuyait. Pourtant, retourner dans ses appartements, le soir, n'apaiserait pas sa mélancolie : depuis qu'Irène Bertrand l'avait pris pour cible, son épouse et sa fille lui battaient froid. Pas un jour où la féministe ne le brocardait, en le clouant nu aux poteaux de couleurs, lors d'une interview, un entretien, un meeting ; ce n'était plus un être humain, mais le symbole du machisme. Dandonneau, pour oublier sa disgrâce, déboucha une bouteille de rhum, s'enfila quelques verres, avant de remonter chez lui en titubant, à moitié ivre.

Mireille Dandonneau parlait de divorce, de séparation, d'humiliation. Elle avait lu les principales œuvres d'Irène Bertrand, notamment son best-seller : *Il faudra deux cents ans d'asservissement des hommes pour rétablir l'équilibre*. Que son époux, rencontré à un congrès sur les droits de la femme, vingt-cinq ans plus tôt, fût un suppôt de la phallocratie, une fripouille, un beauf, une merde, elle le subodorait, mais elle refusait de se rendre à l'évidence : à présent, ce n'était plus possible, la grande féministe l'avait démasqué. La photo de son mari, une demi-fesse sur le bureau, à côté de l'apsara, paraissait dans tous les magazines et tous les journaux ; à chaque fois, Mireille se sentait salie, avilie, elle aurait pu tuer Jean-Louis (autrefois amoureusement appelé « mon Minou »), en plaidant la légitime défense. Elle s'était enlisée dans une vie médiocre, abandonnant un travail prometteur pour suivre son mari sans cesse muté d'une ville à l'autre. On l'avait obligée à se sacrifier ! Qui sait : eût-elle suivi sa passion de l'histoire qu'elle enseignerait, aujourd'hui, au collège de France, publierait-elle des essais et serait-elle invitée chez François Busnel ? Au lieu de quoi, elle dormait à côté d'un petit gros, qui ronflait, bavait et puait des pieds.

Sa fille, quinze ans, était d'accord. Elle avait même fait un exposé, en classe, sur le machisme, en projetant sur le tableau blanc une photo de son propre père.

Dandonneau dérouillait grave ; lui qui avait toujours voté à gauche ! Même s'il avait renoncé, depuis longtemps, aux projets révolutionnaires de sa jeunesse. Il militait pour une gauche moderne, acquise à l'économie de marché, une gauche adulte, réaliste et généreuse. Aux yeux de sa fille, il était un social-traître, et à ceux de sa femme, une pourriture libidineuse. Inutile de dire que le clan Pelletier vouait une haine sans faille à Dandonneau. Même le clan Prévost tenait à se démarquer, dès qu'il le pouvait, de l'encombrant proviseur.

Le rectorat, redoutant d'être contaminé par le pestiféré, ne le soutenait que du bout des lèvres. En secret, on préparait sa mutation pour un collège de campagne, à Saint-Mars-la-Jaille, dans le nord du département – la « jaille », en langue vernaculaire, signifiant une déchetterie.

Qu'on vendît ou non Menaka le laissait indifférent : il avait rêvé d'un lycée citoyen, plein d'ordinateurs et de séquences en interdisciplinarité ; aujourd'hui, son unique projet était de sauver sa peau, sa peau de proviseur. Il médita les dangers de l'ambition, se rappela la chute d'Icare, celle de Jules César, celle de Napoléon. En ce mois de mai finissant, il les comprenait ces rêveurs d'impossible, ces idéalistes sublimes ! Le dos courbé sur des avis administratifs, il songea à la mélancolie de l'Empereur, à

Sainte-Hélène, brassant du vide après avoir enflammé l'Europe : l'ingratitude accompagnait le destin des hommes d'exception, trop fous et trop grands, pour se contenter de routes communes et déjà tracées : « Les aigles se moquent des moineaux, pensa-t-il, les aigles se rient des moineaux, comme, comme les moineaux se rient du, du… » et ne trouvant pas de suite à la sentence, il ouvrit un classeur kaki, à la section « comptabilité du budget cantine ».

Sa période « Napoléon au soir de sa vie » ne dura pas longtemps, la mélancolie n'était pas son fort. Jamais il ne s'était interrogé sur le sens de l'univers, il ne succomberait pas, à cinquante-cinq ans, aux vapeurs d'une crise existentielle : quand on est un Dandonneau, on ne se laisse pas aller ! C'était un homme d'action, un tigre, un voyou ! Sa femme le méprisait ? Qu'importe ! Il en avait soupé de toutes ces pimbêches – mères et filles, professeures et militantes ! Bien gentil de la sauter encore, la Mireille, avec son poireau sur la joue droite, ses soutiens-gorges en cotte de mailles et ses culottes qui remontaient jusqu'aux aisselles ! Il en pinçait secrètement pour Nadège Barreau, la convoquant, sous n'importe quel prétexte, dans son bureau ; il se voyait bien « refaire sa vie » avec elle, abandonnant son épouse à ses conférences sur le Chili et à ses émissions sur France Culture. En prime, il ne réclamerait pas la garde de leur fille, déjà bien partie celle-là dans sa carrière de « chieuse » politisée.

Une idée lui vint à l'esprit, un après-midi, alors qu'un rayon de soleil vêtait d'une enluminure rouge cerise les minces étoffes voilant les jambes marmoréennes de l'apsara : si les palmes académiques s'éloignaient de son veston, cette petite danseuse en était la cause ! Une rage soudaine comprima sa cage thoracique, son souffle se fit plus court, il eut envie de briser en mille morceaux l'objet responsable de son infortune. Il éteignit le système de sécurité, ouvrit la vitre et s'empara de la statue : l'existence millénaire de la danseuse ne tenait plus qu'à la volonté de cet homme humilié. Dandonneau renouait avec la toute-puissance masculine, le biceps, la barbe, le poil. La statuette, suspendue dans les airs par la main d'un proviseur, retournerait-elle à l'indistinct, comme si un charme de dix siècles, soudain, s'évanouissait ?

Sa folle témérité se grippa tout à coup, sans raison, fors celle de la trouille. Il déposa Menaka dans son alvéole. Pour satisfaire sa hargne, il dessina, sur la glace qui protégeait la photo, une moustache à André Malraux : après tout, l'ancien ministre de la Culture n'était pas pour rien dans ce qu'il lui arrivait. Le dos appuyé contre son fauteuil, les mains croisées derrière la tête, il contempla, fier de lui, la photo dégradée, véritable bras d'honneur à tous les cons qui l'empêchaient d'être lui-même ; il se sentit punk et rebelle. Putain, ça faisait du bien !

Le contentement fut de courte durée : la secrétaire, Mme Lambert, pénétra dans le bureau pour l'avertir d'une visite, dès le lendemain, de l'inspecteur d'académie. Pendant tout le temps qu'elle demeura dans la pièce, Dandonneau redouta que la pilosité nouvelle d'André Malraux fût découverte ; et, d'ailleurs, le regard de la secrétaire parut s'étonner de la chose, sans qu'elle en verbalisât la surprise. À peine fut-elle sortie que Dandonneau effaça d'un revers de manche les bacchantes postiches.

Ce fut à cet instant que l'idée le traversa : voler l'apsara, puis la vendre à des trafiquants d'art ! Rien n'était plus facile que de simuler un cambriolage et de contacter un receleur : le lycée l'avait snobé, eh bien, à présent, l'argent tomberait dans son porte-monnaie, *à lui* ! Rien qu'à lui ! Au diable l'atelier-citoyen ! Et si jamais Nadège refusait de le suivre dans sa nouvelle vie, sur la Côte d'Azur, entre piscines et soirées people, il trouverait une autre femme, une belle pétasse bien roulée qui s'accrocherait à son torse impérial ! Au fond, il avait toujours été une tête brûlée ! On avait voulu le corseter dans un complet étriqué, comme on muselle une bête fauve ! Mais les coutures craquaient, le vrai Dandonneau, frondeur, séduisant, *canaille*, s'échappait de la cage grillagée du conformisme. Il se souvint alors des malabars volés, en douce, chez Mme Pichonneau, la boulangère de Châteaubourg, le village de Bretagne où il avait grandi ; et les images des Aristochats subrepticement décollées des yaourts du Codec, au rayon frais, avant qu'il les enfouisse dans sa poche ! Et ce jour où, à Rennes, des contrôleurs l'avaient obligé à descendre du bus, devant des passagers ébahis, parce qu'il n'avait pas oblitéré son ticket ! Ah, il n'avait pas froid aux yeux, le Dandonneau ! Les romans et les films étaient pleins de ces héros que l'on croyait morts et qui renaissaient, en vertu de qualités natives qu'aucune société n'arrivait à réprimer très longtemps ! Dandonneau était leur semblable, leur frère.

Il vola Menaka à sept heures du soir. Le lycée était vide. L'air frais de l'anarchisme emplit ses poumons ! Il rasa les murs du lycée, la statuette enveloppée dans une veste, en songeant à Steve McQueen dans *Le Kid de Cincinnati.* Il cacha l'apsara dans le garage, derrière trois coupes en argent (gagnées lors de concours de belote), dans un renfoncement où dormait sa collection de *Playboy* des années 1983 à 1987 (et qu'il consultait de temps en temps, les jours de nostalgie, bite à l'air libre).

Le lendemain, ce fut un « membre du personnel ATOS », plus précisément chargé du ménage, qui découvrit la vitre brisée, la niche désertée, l'apsara envolée. Le plus difficile pour Dandonneau consista à simuler la surprise : la nature avait été chiche avec lui dans ses lots artistiques, qu'ils soient ceux de la comédie ou de la poésie. Il n'avait jamais douté, pourtant, de ses qualités de comédien ; la troupe amateur dans laquelle il avait joué de 2003 à 2005, beaucoup plus.

Il s'indigna : « Ah, la vache ! Ce n'est pas possible ! Je n'en reviens pas ! On ne peut plus faire confiance à personne ! » Par chance, le public du personnel Atos, comme celui de la gendarmerie, n'était pas très regardant sur la qualité du spectacle. Bientôt personne n'ignora le larcin – la nouvelle, comme un feu qui se propage, enflamma le lycée, la ville de Nantes, la région, le pays tout entier. Oh, ce n'était qu'un petit feu, et à mesure qu'on s'éloignait du foyer, l'intérêt déclinait. Mais au lycée, c'est sûr, l'affaire flambait de la salle des profs jusqu'aux salles de cours. La vérité oblige cependant à dire qu'on s'indignait « en mode poilade » (pour citer le CPE). On s'était battus toute l'année autour d'une statuette qui, soudain, disparaissait. Même les plus enragés reconnaissaient l'ironie de l'histoire : « Et dire que Pousseur est devenu facho pour rien, gratuitement ! » On riait sous cape. Et puis, l'été approchait, on s'ébrouait sous le soleil revenu, dans la griserie du mois de juin, quand l'odeur de l'herbe coupée se mêle à celle des poubelles et des hortensias, et que les terrasses, le soir, de la place du Commerce à la place Graslin, se peuplent d'étudiants et de jolies filles.

Il ne restait plus que le bac, les vraies vacances débuteraient juste après, l'humeur était à l'hédonisme balnéaire plus qu'à la révolution. Après tout, Lénine n'avait-il pas passé ses vacances à Pornic au cours de l'été 1910 ? Il avait bien dû retrousser son pantalon jusqu'aux genoux, pour pêcher des crevettes, les pieds dans l'eau ? On n'est pas révolutionnaire 24 heures sur 24 ! Patrick Prévost se souvint d'images télévisées de Mao Zedong en maillot de bain, allongé à l'horizontale, la tête face à ses doigts de pieds.

Les élèves disparaissaient eux aussi, petit à petit. Le dernier jour de l'année scolaire, une atmosphère de carnaval se substitua définitivement au travail : certains adolescents vinrent costumés en Spiderman, en Indien ou en princesse ; le travestissement des garçons – ballons de baudruche en guise de seins – remporta un grand succès, malgré son épaisse vulgarité et la théorie du genre.

Bruno connut la mélancolie des derniers cours, l'étourdissement des heures interminables et l'amertume des sympathies interrompues. Les élèves, eux, se fichaient bien de ne jamais revoir leur professeur de français. Lui seul ressentit de la tristesse à l'idée qu'il ne parlerait plus à la seconde 14 ou à la première L3. Il n'était pas à la fête ; et Agnès ne donnait plus de nouvelles.

Une semaine plus tard, il y eut la dernière soirée, organisée par l'amicale du lycée ; on dansa entre deux plats, on offrit des cadeaux aux professeurs partants ; l'apsara fut à peine évoquée. On aurait pu croire que tout le monde se foutait complètement de l'atelier-citoyen. Et on aurait eu raison.

Colette Pelletier et Patrick Prévost, chacun de leur côté, s'étaient inscrits à un stage d'été sur « la pédagogie des îlots bonifiés », tous les deux refusaient de « bronzer comme des cons, sur des plages surpeuplées », et ils tenaient à ce que cela se sache ; Léo Belin participerait, en août, à l'université de la jeunesse néolibérale, il ne parlait que de ça. Suzanne Gilbert était impatiente de rencontrer Loup44, *en vrai*, « l'artiste-peintre » qu'elle ne connaissait, pour l'instant, que par des chats quotidiens sur Meetic.

Bruno n'avait rien prévu. Il espérait une proposition d'Agnès, ne serait-ce qu'une soirée nantaise ou une virée à La Baule. Tous les jours, toutes les heures, tous les quarts d'heure, il consultait sa boîte mail ou son portable, et, chaque fois, butait sur l'identique absence du message tant espéré. Pour quelle raison ne lui répondait-elle pas ? Il mesurait l'indifférence d'Agnès au nombre de jours, sans cesse augmenté, où elle ne daignait lui écrire. Il ne restait plus, comme remède, que la littérature ou le suicide. Quelquefois, il regrettait le temps encore proche où les livres, pour lui, n'étaient qu'un support à l'apprentissage pédagogique, un titre à faire valoir, un brevet de moralité politique, un simple divertissement. Agnès l'avait persuadé qu'il n'en était rien, que la littérature était une question de vie ou de mort. Ensuite, elle l'avait abandonné à sa solitude et au vide de l'été.

15

Et puis un soir, Dandonneau replaça la statuette dans son alcôve. On était au début du mois de juillet, les épreuves du bac terminées depuis deux jours. Sa femme l'avait surpris, la veille, dans le garage, au moment même où il remisait Menaka derrière sa collection de *Playboy*, de sorte qu'il avait préféré avouer l'existence des magazines de charme plutôt que de confesser son larcin. Mireille avait haussé les épaules : « Pauvre mec, va ! » Manifestement, Jean-Louis ne la faisait plus rêver.

« Le Destin me lance un avertissement, pensa-t-il, il m'offre une chance de retourner dans le droit chemin, je dois la saisir ! » Et surtout, il se rappela le rendez-vous sordide, trois jours plus tôt, dans l'arrière-salle d'un café nantais, avec « Paulo l'intello », un spécialiste du recel, de la prostitution et du trafic d'armes. Personne ne se rappelait pour quel motif, un jour, on avait surnommé celui-ci « l'intello », mais Paulo tenait beaucoup à ce substantif, reprenant d'une mandale dans la gueule tous les impertinents qui en négligeaient l'usage.

En plus de ses qualités intellectuelles, Paulo brillait dans les affaires, témoignant envers ses interlocuteurs d'un sens de la pingrerie rarement égalé, sens qui, selon l'intéressé, était réservé à ceux que la nature avait pourvu d'« une grosse paire de burnes ! ».

Inconscience, bravoure ou folie ? Dandonneau lui-même n'aurait su nommer le sentiment où il avait puisé la force de décliner les deux cents euros que Paulo lui avait offerts pour la statuette. Une misère ! avait-il pensé. Non, on ne risquait ni sa place ni sa carrière pour deux cents euros ! Malgré le regard bovin des assistants de « Paulo l'intello », le proviseur n'avait pas cédé : « Écoutez messieurs, on me propose cent mille euros pour cette statuette (mentit-il), je suis disposé à vous la laisser pour cinquante mille euros : à prendre ou à laisser. » Paulo éclata de rire : la négociation était terminée. On ne signala pas même à Dandonneau qu'il devait quitter la pièce, on se contenta de ne plus lui parler. Paulo alluma son téléviseur (écran plasma), passant d'une chaîne à l'autre, hésitant, visiblement, entre le résultat des courses de chevaux et des fellations en 3D.

Il en tremblait encore le soir, dans son lit, se collant à Mireille, laquelle redoutant que ce fussent là les prémices à de plus charnelles étreintes, lâcha un pet dissuasif. Mais Jean-Louis aurait été bien en peine d'honorer son épouse, on ne fornique pas la peur au ventre.

La partie n'était pas gagnée, il restait à convaincre la police : le discours de Dandonneau était tout prêt, répété des dizaines de fois, protégé par une cuirasse d'arguments sur laquelle, espérait-il, les soupçons de la maréchaussée briseraient leurs fines lames. Le scénario inventé, au fond, était très simple : quelques élèves s'étaient glissés, à la nuit tombante, dans le bureau du proviseur (« Comment ont-ils eu les clefs ? – Ça, messieurs, c'est à vous de le découvrir ! »), et avaient volé la statuette ; puis, les élèves, rongés par la peur, avaient profité du laisser-aller post-baccalauréat pour restituer une sculpture dont ils ne savaient que faire, « à cet âge, on ne négocie pas avec des receleurs… ».

Si cette version séduisit le lieutenant de gendarmerie, en revanche, elle réveilla sa misanthropie latente : fallait-il que l'humanité fût perverse pour produire des tarés prêts à payer cent mille euros une statuette démodée ? Alors que son beau-frère vendait, pour un prix dérisoire, des paysages de bords de mer et des portraits « qu'on dirait une photo ! ».

Dandonneau n'engagea pas un débat esthétique avec le lieutenant, mais approuva prudemment son goût d'un art simple et vrai, « ô combien ! Un beau p'tit port de pêche, avec des bateaux, c'est bien plus beau qu'un Kandinsky ! et mieux peint qu'un Picasso ! ». Devant tant de bonne foi et de lucidité, le lieutenant invita le proviseur à dîner, « dès que l'affaire serait enterrée ».

On aurait pu en rester là. Mais le retour de la statuette, connu d'abord par quelques agents administratifs, s'ébruita ensuite dans les rues de Nantes, les cafés, les foyers : bientôt les journaux s'emparèrent de l'affaire. *Charlie Hebdo* proposa même une couverture où l'on voyait la petite danseuse, à genoux, fesses offertes, tandis qu'un squelette coiffé d'une perruque blonde, chantant « ça s'en va et ça revient », la sodomisait. Le titre était dans le goût du journal satirique : « Le nouveau clip de Claude François ».

La mutation que le rectorat préparait pour Dandonneau fut annulée (sans que jamais il ne devinât le projet qui l'avait menacé) : on ne voulait pas sous-entendre, en le changeant de poste, qu'il aurait trempé dans une affaire de recel, craignant pour les services du rectorat les éclaboussures d'un possible scandale. L'Éducation nationale s'en tint prudemment au rapport de police : des élèves responsables d'une plaisanterie odieuse, élèves qu'il était préférable d'abandonner à la torture des remords, transformée, dans la bouche du recteur, en dignité d'une « pédagogie de l'exemple ». L'inspecteur d'académie, habitué à dire n'importe quoi, eut l'intuition de raconter des conneries, mais se contentant des mots (sans la chose) depuis trop longtemps, il n'eut pas la possibilité de trouer l'épaisse fumée conceptuelle qui lui embrumait le cerveau.

Irène Bertrand, dès qu'elle apprit la réapparition de Menaka, la réclama, pour enrichir « le musée des femmes » et « réfléchir au vivre ensemble » : c'est pourquoi on la vit sur toutes les chaînes de télé, l'air ravi et concerné, « un soulagement pour moi et pour les femmes du monde entier ! ». Le ministre de l'Éducation nationale se réjouit de contempler, en vrai, le plus tôt possible, la petite danseuse asiatique, « dans ce beau musée, dédié à nos sœurs ». Dandonneau ne fit pas son malin ; il approuva la décision du ministre, « une décision mesurée et juste, allant dans le sens du progrès et de la lutte pour une redéfinition des droits ».

Patrick Prévost tenta un baroud d'honneur, en rassemblant l'ensemble des braves encore présents à Nantes malgré les vacances devant le monument aux 50-Otages ; de cette place, il prévoyait de rejoindre celle du Commerce. Si le programme fut respecté, il n'eut aucun écho : *Presse Océan*, d'ordinaire à la recherche d'informations locales, même microscopiques, estima qu'il n'y avait pas là matière à un entrefilet. Il faut dire qu'ils ne furent que trois manifestants : deux portaient une banderole « l'Atelier citoyen, pour nos enfants ! » tandis que Patrick scandait des slogans hostiles à la muséification du monde, et prônait, la rage au cœur, un « enseignement en îlots ». Les promeneurs n'attachèrent aucune importance à ces trois « originaux », les confondant, pour certains, avec des hommes-sandwichs du cirque Bouglione, et pour d'autres, avec un happening artistique, qu'on accusa, dans les deux cas, de « faire chier le peuple ! ».

L'affaire se terminait dans l'indifférence ; les résultats du Tour de France et la mise en examen du ministre de l'Économie occupaient toute l'actualité ; une actualité que les juillettistes contemplaient, pour beaucoup, de très loin, d'encore plus loin qu'à l'ordinaire, depuis des plages ou des hôtels, des maisons de famille ou des campings. Le destin collectif du pays paraissait bien moins important que la couleur du ciel dont dépendait l'emploi du temps de chaque journée : baignades, randonnées, escalades, festivals. Même le président de la République tombait la veste, on le voyait en bras de chemise, pas fier, le temps d'une photo.

Dandonneau prépara les emplois du temps de la prochaine année scolaire, presque seul, au lycée Malraux. Il oubliait, de temps à autre, les tableaux Excel, les horaires, les classes, pour s'échapper sur un site porno, une page sportive, une vidéo musicale. Parfois, son regard tombait sur la petite danseuse, à côté de la photo de Malraux.

Alors qu'il venait de consulter un site de réservations en ligne, Dandonneau, la tête dans les vacances, ouvrit un mail rédigé par le ministre de l'Éducation :

« Monsieur,

les autorités culturelles du Cambodge, alertées par la presse de la présence, au sein de votre établissement, d'une statuette khmère jadis malhonnêtement dérobée à un temple d'Angkor, exigent, au nom de l'amitié entre nos deux pays, qu'on la leur restitue, dans les prochains jours.

Je vous prie de faciliter le travail d'un spécialiste du transport des œuvres d'art que nous avons mandaté pour s'occuper de la statuette.

Cette restitution doit s'effectuer dans la plus grande discrétion. Monsieur le Président de la République française veillera, lui-même, à officialiser, devant les médias, le sort de la statue au cours d'un voyage en Asie, en septembre prochain.

Veuillez, etc. »

Il relut plusieurs fois le message ; puis il entrouvrit le minibar du bureau et se remplit un verre de sauvignon jusqu'à ras bord. « À toi, ma belle ! » lança-t-il à la statuette. Il ne résista pas au plaisir d'annoncer la nouvelle à son épouse ; celle-ci était plongée dans un roman policier norvégien, « d'une grande sensibilité aux problèmes sociaux ». Elle répondit sans même lever les yeux de son bouquin : « T'en profiteras pour expédier au Cambodge ta collection de *Playboy* en même temps que la statue ! » Dandonneau se réfugia dans le silence, n'osant interroger sa femme plus avant : avait-elle découvert, sans lui en parler, la danseuse khmère, derrière les revues pornographiques ? Décidément, il y eut, dans sa vie, des jours plus glorieux.

Il apprit à sa secrétaire le sort qu'on réservait à la statuette, en lui intimant de garder l'information secrète. « Très bien, monsieur », répondit-elle sobrement et sans aucune émotion. Devant le manque d'enthousiasme et d'intérêt, ce fut à la femme de ménage que Dandonneau rapporta l'incroyable injonction du ministre ; cette dernière s'inquiéta seulement de la nécessité qu'il y aurait désormais à nettoyer la vitre, dès lors qu'elle ne protégerait plus que du vide.

Le ministre en personne lui avait écrit pour l'informer d'un événement secret et prodigieux, et personne ne s'étonnait, personne ne hurlait son émerveillement ! Dandonneau, soudainement, cessa de croire à la consistance et à l'épaisseur des choses. Le monde n'était qu'affabulation, illusion et bulles de savon se dissipant dans l'azur.

Pour se rassurer, il déplia la page du *Playboy* de mars 1984, où une pin-up écartait les jambes : c'était sa préférée. Quel âge avait-elle aujourd'hui ? Un âge à prendre du gras et de la moustache… Son cœur se serra, sa bite se rétracta à la vitesse d'un ballon qu'on dégonfle. Là non plus, rien de consistant. Il fut à deux doigts de l'éveil : à quoi bon l'ambition, si la vie ne tient pas le coup, si rien ne résiste à l'écoulement du temps, à l'effritement, au chaos ?

Mais il se rendormit aussitôt ; il n'y aurait pas un second Siddhartha – ni même un sage de pacotille, avec collier de fleurs, yoga, crypto-bouddhisme, devant une assistance de retraitées, à la recherche d'un supplément d'âme et d'un truc à faire l'après-midi. Non, il restait Dandonneau, tel qu'en lui-même. Dandonneau Jean-Louis, père de famille, proviseur au lycée Malraux.

16

On déposa, à la fin du mois de juillet, sur un grand bureau en bois d'ébène, une caisse griffée de lettres rouges formulant l'origine du colis : *République française*. Le directeur du musée des Beaux-Arts de Phnom Penh, M. Norodom Phon, un homme élégant, défit le cadenas et plongea sa main dans la paille : il en retira un objet d'une vingtaine de centimètres, recouvert d'un crépon bleu. À travers les jalousies, on apercevait, en contrebas, une foule pressée, à motocyclette ou à pied. La fenêtre ouverte ne protégeait pas des cris, ni des pétarades, ni des sonnettes de vélo. Norodom Phon s'assit sur un fauteuil Voltaire, aux accoudoirs de cuir noir ; il retardait le moment de déplier le papier protecteur, songeant à Madeleine Giteau, qui, dans sa jeunesse, l'avait formé à l'art khmer : toute une époque disparue dans les limbes du temps ! Certes, la prestigieuse école française d'Extrême-Orient poursuivait ses recherches, formait toujours des savants ; mais l'élan des débuts s'était grippé, comme usé par la théorie des années. Si Phon séjournait souvent à Angkor, au milieu des temples hindouistes, dans le but d'étudier les statues et les bas-reliefs mythologiques, le cœur n'y était plus : à la place des savants d'autrefois, passionnés, courtois, articulant une belle langue française, se promenait un flot de touristes japonais, américains, européens, tous occupés par les photos et les films numériques qu'ils rapporteraient de leur séjour. Les jours de mélancolie, Norodom Phon considérait sa carrière professionnelle avec scepticisme : il avait cru œuvrer pour la connaissance d'une civilisation évanouie et la poésie des royaumes perdus, sans se douter qu'il participait à l'établissement d'une société de loisirs, promouvant le tourisme de masse, nouveau mode d'existence sur terre.

Qu'auraient pensé ses amis de jeunesse, tous ces Français amoureux de l'art khmer, devant la statuette dorénavant dégagée de sa gangue de papier bleu ? Il la prit dans ses mains, émerveillé par sa beauté. Quel chemin pour parvenir jusqu'à lui ! Les fines mains de Malraux avaient-elles caressé l'apsara comme il s'y employait amoureusement ? Des rais de lumière striaient le bureau de M. Phon, un souffle frais, par instants, rafraîchissait la pièce ; il se sentit heureux. Il imagina un sculpteur de l'Empire Khmer, mille ans plus tôt, penché sur un bloc de grès, modelant, peu à peu, les traits de la petite nymphe ; puis il vit des processions religieuses, des moines en robes safran, des masques, des sacrifices, des danseuses, des guerriers, des prêtres, et cette délicate apsara à côté des autres danseuses du temple. Il songea aux siècles d'oubli, au triomphe des fromagers, enveloppant les ruines d'Angkor sous leurs racines géantes, aux cris aigus des macaques à longue queue, au fourmillement des espèces, au silence, à la nuit. Enfin, il considéra la redécouverte du site au début du XXe siècle, les savants, les explorateurs, les colonisateurs ; et André Malraux, un jour de 1923, avec son épouse Clara et son ami Louis Chevasson. Sur quel paquebot l'apsara avait-elle voyagé jusqu'en Europe ? L'avait-on exposée, à Paris, dans quelque salon à la mode, ou dans quelque rétrospective coloniale ? Norodom Phon savait qu'elle avait été le trésor d'un lycée français, dans une ville inconnue de lui. Il ressentit de la tristesse à l'idée que de jeunes Français n'auraient plus la joie de vivre auprès de la petite danseuse de grès rose.

Celle-ci serait réinstallée, début septembre, dans son temple d'origine, au cours d'une visite du président français à Siem

Reap ; toutefois, elle ne dormirait qu'une dizaine de nuits à Benteay Srey : son sort était de retourner au musée des Beaux-Arts de Phnom Penh, dans une salle où l'on comptait déjà plus de trois cents statuettes d'apsaras et une cinquantaine de Bouddhas. N'importe, pensa-t-il, le destin de cette petite danseuse est unique.

En attendant le jour officiel de sa provisoire restitution, la statuette allait demeurer sur le bureau de Norodom Phon, dans la pénombre d'une pièce au parquet bien ciré, abritant des centaines de livres. La vie du conservateur s'éteignait lentement, il n'y prenait plus qu'un intérêt relatif, comme si les sortilèges de l'existence avaient été inventés pour un temps limité, et qu'au-delà de cette limite, leurs pouvoirs s'atténuaient par degré. La danseuse outrepassait les siècles, par son éternelle jeunesse. Norodom sourit. Il étendit les jambes, puis s'empara d'un recueil de Vauvenargues qui traînait sur son bureau ; la vieillesse n'était pas si laide, elle offrait encore d'aimables moments.

*

Bruno franchit, le 1er septembre, les portes du lycée Malraux, en éprouvant une bizarre impression de déjà-vu. Dans la salle des professeurs, deux collègues, en chemisette, conversaient, hilares, heureux d'être là ; plus loin, Jenny Bigot s'affairait sur la photocopieuse, pressée de constituer un stock de textes à distribuer à ses prochaines classes.

On avait déménagé son casier, il se trouvait plus à droite que l'année passée. En revanche, sur les panneaux syndicaux, un appel à manifester rappelait les combats du printemps, même si la feuille, soutenue par une seule punaise, penchait obliquement.

Bruno déambula dans le couloir qui débouchait sur l'amphithéâtre ; le gros des troupes l'occupait déjà, il serra des mains, répondit à des questions (sur ses vacances), sourit à des plaisanteries. Cette fois, la plupart des têtes lui étaient connues ; quelques-unes, jamais vues, l'intriguaient. On lui présenta un nouveau collègue de français : « Guillaume Langlois, je suis stagiaire… Élise Durand est ma tutrice… Vous devez travailler dans l'établissement depuis longtemps ? » La question le surprit, il balbutia, si bien que le néophyte ne comprit pas la réponse, mais, à son air, on voyait que ça n'avait pas d'importance.

Bruno n'avait enseigné qu'une petite année, et pourtant, il n'était plus le même : le professeur enflammé de la première rentrée n'existait plus, seule l'enveloppe corporelle le raccrochait au Giboire de naguère. Il se vit alors avec les yeux du stagiaire : un « ancien », un « vieux professeur » ; et ce qui l'aurait flatté quelques mois plus tôt le terrorisait.

Il aperçut, dans l'amphi, Claude Pousseur qui discutait avec Colette Pelletier : à nouveau, celui-ci portait des lunettes demi-lunes, une veste de velours côtelée : ses cheveux avaient repoussé. Nadège Barreau vint s'asseoir à côté de Bruno, l'embrassa sur les deux joues : « Claude est enfin revenu à la raison ! Il ne se souvient plus de rien… Il est tombé dans la rue, au début du mois d'août… C'était à Genève, je crois. Quand il s'est réveillé à l'hôpital, après un coma de plusieurs heures, le vrai Pousseur, celui que nous aimons tous, était de retour.

— Tant mieux… Est-il traumatisé ?

— Je ne sais pas… En tout cas, il a la niaque ! Il désire créer un lycée citoyen, où l'on n'enseignerait que des "choses positives" : le développement durable en sciences, toutes les langues de l'Afrique, la danse, le slam, le théâtre d'improvisation, et, en cours de français, seulement des auteurs engagés – des artistes, des savants, des guérisseurs, des sociologues seraient invités chaque semaine… Une belle utopie !

— En effet…

— Ce ne sera pas facile, mais Claude est déterminé… Il doit ça à la société, au monde, aux gamins… Ainsi, il rachètera, dit-il, les semaines d'égarement politique… Quand il m'a confié son projet, j'avais les larmes aux yeux… Et lui aussi… »

Le proviseur et son adjoint s'assirent face à l'amphi ; Dandonneau tapota le micro. Il souhaita une bonne rentrée à tout le personnel. La nouvelle année promettait d'être passionnante. Il faudrait mettre en place la réforme du bac, ce qui exigerait un investissement de toute la communauté éducative. Dandonneau ne doutait pas que chacun participerait de son mieux à cette « expérience pédagogique passionnante ».

On présenta les nouveaux collègues ; Bruno se souvint de l'an passé, quand il avait dû se lever et saluer l'assemblée. Dorénavant, il était de l'autre côté de la barrière.

Le proviseur-adjoint commenta les résultats du bac, série par série. Tout le monde pouvait être fier de l'excellence des promotions. Il y eut quelques applaudissements ; on ne savait s'ils s'adressaient aux élèves, aux professeurs ou au discours du proviseur. Nadège chuchota à son oreille : « T'as vu que Pierre Renoir n'est plus là ? » Bruno s'enquit de la raison son absence : « Figure-toi qu'il a été viré ! Son rapport d'inspection l'avait obligé à suivre des stages de rééducation pédagogique. Il a refusé fermement. Le recteur l'a convoqué pour lui signifier qu'il commettait une faute grave, susceptible d'un avertissement. Pierre n'a pas cédé, de sorte qu'il a reçu, la semaine dernière, un avis de révocation… Je le tiens de Suzanne, qui le fréquente un peu…

— C'était pourtant quelqu'un de très cultivé…

— Peut-être, mais bon débarras quand même ! »

Dandonneau exposa un bilan de l'année passée, qu'il poursuivit par une analyse, sérieuse et chiffrée, des prospectives de l'année à venir. Il lui fallait, de temps à autre, s'interrompre, de façon à obliger, par le silence, les professeurs à cesser un bavardage qui enflait et désenflait, au rythme de ses objurgations. Bruno ne l'écoutait plus ; pas plus qu'il ne prêtait attention aux propos de Nadège, penchée vers lui, énumérant ses projets pédagogiques, racontant ses vacances en Croatie. Il n'écoutait plus rien. Il songea à Agnès ; elle lui avait écrit une longue lettre envoyée depuis Rome où elle avait trouvé un poste de rewriter dans une maison d'édition franco-italienne, spécialisée dans les livres d'art. Elle l'invitait à séjourner, quand il le souhaiterait, dans la ville aux sept collines. Un poème de Pétrarque concluait sa lettre. Il songea à toutes les rentrées qu'il connaîtrait jusqu'à l'ultime rentrée, dans une trentaine d'années. Avant cette retraite, il y aurait des centaines de conseils de classe, des milliers de copies, des milliers d'élèves qu'il oublierait pour la plupart, des années qui s'enfuiraient vers le néant, à la vitesse des paysages qu'on laisse derrière soi et qu'on contemple, distraitement, assis sur la banquette d'un train. Il songea à la petite statuette asiatique, dans son temple millénaire, là-bas, en Indochine.

Au même moment, Norodom Phon, agacé par les discours sur l'amitié franco-cambodgienne, quitta, à petits pas, le temple de Benteay Srey, en longeant une mare jaunâtre, boueuse, mouchetée de nénuphars ; derrière son dos, des bas-reliefs de grès rose – les dieux de l'hindouisme, noircis par le temps. Une phrase de Rimbaud lui vint à l'esprit : « La vie est la farce à mener par tous. »

Également aux éditions rue fromentin
(extrait du catalogue)

Aurore Bègue	Treize
Denis Cheynet	Tu crèveras comme les autres
Elise Costa	Comment je n'ai pas rencontré Britney Spears
Bertrand Guillot	B.A.-BA. La vie sans savoir lire
Sylvia Hansel	Noël en février
Janet Hobhouse	Nos Vies consumées
Ian Hunter	USA 1972 – À travers l'Amérique avec Mott The Hoople
Kristopher Jansma	New York Odyssée
Dominique Labarrière	Le Roi a ri
Olivier Maulin	Histoire des Cocotiers
Courtney Maum	Je suis si bien ici sans toi
Maud Molyneux	Monsieur Maud. Parcours d'un journaliste esthète
François Perrin	Bois Sans Soif
Charles Poitevin	Otary Club
Peter Rock	À l'Abri du Monde
	L'Abandon
	Les Indécis
Nicolas Roiret	La Mécanique du Saut
	L'Été chez Cochise
William Seabrook	Sans Répit
Rob Sheffield	Tomber les filles avec Duran Duran
J. Ryan Stradal	Les Cuisines du Grand Midwest

Achevé d'imprimer en juillet 2022
dans les ateliers de Normandie Roto Impression s.a.s.
61250 Lonrai (Orne)
N° d'impresion : 2203711
Dépôt légal : juillet 2022
ISBN : 978-2-919547-72-2